전설을 덥석 물다

리토피아포에지 · 98
전설을 덥석 물다

인쇄 2019. 11. 25 발행 2019. 11. 30
지은이 오정순 펴낸이 정기옥
펴낸곳 리토피아
출판등록 2006. 6. 15. 제2006-12호
주소 22162 인천 미추홀구 경인로 77
전화 032-883-5356 전송032-891-5356
홈페이지 www.litopia21.com 전자우편 litopia@hanmail.net

ISBN-978-89-6412- 125-2 03810

값 9,000원

이 도서의 국립중앙도서관 출판예정도서목록(CIP)은 서지정보유통지원시스템 홈페
이지(http://seoji.nl.go.kr)와 국가자료종합목록 구축시스템(http://kolis-net.nl.go.kr)에
서 이용하실 수 있습니다. (CIP제어번호 : CIP2019047264)

*이 책은 2019년도 인천문화재단 지역문화예술육성지원사업의 지원을 받아 출간되
었습니다.

오정순 시집

전설을 덥석 물다

LITERATURE & UTOPIA

시인의 말

시를 가지고 놀지 못했다.
시도 나를 가지고 놀지 못했다.
엉뚱한 곳에서 노닥거리다가
시를 잊지 못해 찾아와선
늘 타협하느라
같은 길을 빙빙 돌았다.

한 바퀴 덜 돌고
앞자리에 선 것처럼
초조하고 불안하다.

나뭇잎의 본 모습은 단풍이라는데
초록이라고 바득바득 우겼던 것
고백한다.
많이 미안하다.

2019년 겨울
오정순

차례

제2부

제3부

| 제1부 |

산이 봄을 낳다

숨죽인 신음
자궁 속에서 고개 내민 연둣빛 화살촉
뼈를 통과하며 살을 뚫는다
눈부신 세상에서 잠시 어리둥절하다가
쥐었던 손바닥 활짝 펼친다
여린 잎 물켜는 소리 봄산을 흔든다

산이 봄을 낳는다
산고의 비명들
땅속에서 구르느라 온 산이 붉다

등꽃

집집마다 끌려 나온 수다들이 등꽃에 박힌다
이른 봄부터 받아먹은 소문들이 대롱대롱 매달리고
그 발설 참느라 보랏빛으로 물든다

이파리 그늘 몇 장 덮고 자던 고양이
소문이 궁금한지
귀 쫑긋 세우고 등꽃 밑을 어슬렁거리고
벌들도 매달린 소문 툭 건드려본다

잎들이 햇볕을 막느라 긴장하는 동안
소문의 보따리들이 풀어지고 녹아내린다
튼튼한 줄기의 그늘 따라가 보니 그 뒤엔
구멍이 숭숭 뚫린 삭정이가 받쳐주고 있다

"거렁뱅이도 내 집에 찾아오면 손님이여."
아버지는 기어이 식구들 밥상에 함께 앉혔다
마룻바닥에 숟가락 던져 놓고 뛰쳐나갈 때
핑 도는 눈물 너머 마당가에 등꽃이 피었다

반세기 동안 담고 있던 그 일을
등꽃은 기어이 터뜨린다.
"얼레리꼴레리 그때 그랬지 네가 그랬지."
등꽃 한 무더기 와락 꺾어 아버지 찾아간다
이제는 그 등나무도 삭정이가 되어 있다
아버지처럼 버티고 계신

곁방살이

화분이 기어이 일을 저질렀다
슬쩍 몸에 줄 그어 상처로 속내 드러내더니
오늘 아침엔 아주 몸을 반으로 갈랐다
때론 잘못 들어선 길에서 망설였던,
출구를 찾느라 뱅뱅 돌던 기억이
내장처럼 틈을 더듬으며 켜켜이 놓여있다

세 배쯤 평수 늘려 흙을 채우는데
버티며 웅크려 앉은 산세베리아 뿌리들
사랑초 알뿌리가 틈 사이에 옹기종기 앉아있다
잘못 들어선 길이 아니라는 듯 돌멩이 하나
진주알처럼 움켜쥐고 있다

작은집 하나 준비하여 알뿌리 가족 이사시키려는데
넓은 집 적응 못한 잎 하나 툭 떨어진다
이삿짐도 풀지 못한 사랑초 다시 곁방살이로 들인다
산세베리아는 까치발 들어 틈을 내주고
엎드려 있던 사랑초 고개 들고 살랑댄다

구름 속에서 나온 태양이 집들이 선물로
집안 가득 부어 넣는다

상처 난 복숭아

어두운 상자에 갇혀 새벽차 타고 온 여인들
초록 카펫 위에 벌거벗겨진 채 선을 뵌다
이래 봬도 뽑혀온 귀하신 몸이라고
앞에서 호위하는 병정들에게 눈 내리깔며 으스댄다
작은 바람에도 위태한 5,000원의 신상 명세표를
꼭 붙들고 있는 빨간 플라스틱 바구니 속 여인 병정,
꿰맨 바늘 자국 속을 채우던 아침 햇살이
목격한 그날의 사고 소식 초록 카펫 위에 풀어놓는다

저 병정에겐 붙어 지내던 친구들이 있었어
핑크빛 생리혈 툭툭 내던지던 날
밤새 오슬오슬 춥더니 둥근 초록이 되었지
온몸이 근질거리고 추웠던 이유를 그때야 알았대
똑똑 떼어내어 바닥에 던져지던 친구들의 비명
노란 보자기에 보쌈당할 때의 두려움도
찾아주는 햇살과 바람으로 위로 받았지
보자기 살짝 찢고 바깥세상 엿보다 들킨 거래
초록 바다는 이파리로 파도 만들어 호통 치며 갈겨댔고

기절했다 깨어 보니 온몸이 만신창이었다네

아문 상처에 햇살이 스밀 때
쌍꺼풀 수술한 중년 신사 기웃거린다
카펫 위 여인들, 얼굴에 햇살 찍어 바르며 교태 부린다
망설이던 손끝이 가리킨 건 흉터 난 여인 병정

검정 비닐봉투 속으로 폴짝 뛰어들며
카펫 위의 여인들에게 외친다
"이제 호위병은 니들 차례야!"

나만을 위한 콘서트 · 1

연둣빛 망사 옷 매미 한 마리
베란다 방충망에 무대 세웠네
집안 기웃거려 내 모습 찾아내고
목청 가다듬어 한 곡조 뽑아대네
오직 나만을 위한 콘서트라고

단장한 옷만큼 시원한 푸르른 곡조
방충망 사이로 국수 가락처럼 밀려오네
일곱 마디씩 잘라 빈 방에 차곡차곡 쌓으니
삼십 분 뽑아낸 노래가 방을 가득 채웠네

아주 오래 전, 나의 방 작은 창에 무대 세웠던
빨간 모자 뻐꾸기
관중이 반응 없자 깊은 산속 어딘가 말없이 숨었지

무대 바라보며 장단 맞추고
밀려오는 곡조 조심조심 잘라 쌓네
숨어버린 뻐꾸기가 궁금해서도,

그렇다고 그리워서 그런 것도 아니라네
빨간 모자 벗어도 알아볼 수 있다고는
절대 말하지 않을 거라네

나만을 위한 콘서트 · 2

나는 지금
빨간 모자 찾아 쓰고 산행 중이야

밤새 내린 비쯤은 끄떡없다고
한 옥타브 더 높이려는 매미합창단
목청껏 던지는 그 소리
씨실 되고 날실 되어 하늘을 덮고 있어

나는 문득
한 올의 뻐꾸기 소리 있을까 곁눈질했어
한 가닥쯤 섞였을까 만져보았어
그러다가 갑자기 생각이 났지
지금은 뻐꾸기 철이 아니라는 것을

며칠 전 찾아왔던 그 매미
모든 소식 알면서 시침 뗐겠지
그렇지만 절대 묻지 않을래
빨간모자 뻐꾸기는 사철의 구분이 없었다는 것
나는 정말 기억 못하니까

매화마을 전시회

문화기행 이름표 속에서 나는 이방인
매화마을 갈 때까지 멀미가 나도록 이름표 속을 구르고
낯을 익히기까지 여러 번 흔들어야 한다

깔아놓은 돗자리 위에 긴 원을 그리는 이름표 무리
하필 내 앞에 매화잎의 좌수체*가 끔뻑인다
햇살에 매달려온 검여*의 혼
사방을 살펴보니 매화나무 아래마다 서체들이 꿈틀댄다

뒤따라오던 한 무리의 햇살이
이제야 봤느냐며
아라뱃길 속으로 곤두박질하며 깔깔댄다
햇살의 웃음소리
전시회 알리는 꽹과리 소리 되어
매화마을 가득 채운다
여기저기서 무용수처럼 서체들이 춤추며 나온다

* 검여-서예가 유희강의 호.
* 좌수체-오른쪽이 마비되어 왼손으로 쓴 서체.

만원 지폐의 호통

가좌시장 맞은편 신호등 아래
일렬종대로 자리한 플라스틱 바구니
상추 쑥갓 호박잎 치커리
박스 찢어 매단 이름 1,000원

햇볕이 바구니에 머물렀던 만큼 주저앉는다
몇 번의 신호가 바뀌는 동안
노점상 할머니와 바구니를 번갈아 볼 뿐
시장 쪽 향한 핑계 담은 신발의 무리 분주하다
삼천 원을 내밀자 구겨진 비닐봉투 여신다
햇볕의 무게에 가라앉은 상추를 넣는데
고등어 냄새가 난다
막내딸이 가져온 봉투가 아까워 가져오셨나 보다

들고 오는 마음도 봉투도 검은색만큼 무겁다
노부부의 저녁 식탁이 눈앞에 펼쳐질 때
돼지고기 한 근 값이 여기 있지 않느냐며
호주머니 속 만원 지폐가 서걱거리며 호통이다

상추 헤집고 올라오는 고등어 냄새가 합세한다
봉투 아귀 꼭 묶으며 애써 외면한다

나이아가라

우리와 함께 달려왔을 푸른 언어들이 술렁인다
떨어지며 솟아오르며 환호하는 뽀얀 사연들
나뭇잎에 풀잎에 쏟아놓는
한글 자모음, 알파벳, 히라가나가다가나……
높이 올랐던 사연은 입김과 만나 나뭇가지에 매달린다
관광객의 사진 속 배경 되고 모델 되어야 하는
나이아가라는 카메라마다 달려가느라 바쁘다

Would you take a picture of me?
짚고 있던 지팡이처럼 떨리는 목소리
얼어붙은 렌즈, 입김으로 녹이고 노부부 그 속에 앉힌다
뛰어내리던 폭포와 나뭇가지에 매달린 사연도 함께

엊그제 먹은 떡국 한 사발이
이마에 그려진 나이테 하나 잡더니
미끄러져 내리며 터지는 함성

나이야 가라!

알라미드 커피[*]alamid coffee

사람이란 참으로 별난 동물이라고
가엾다는 듯 바라보는 사향고양이
잘 익은 커피 열매 똑 따서 입에 문다

냉장고 깊숙한 곳, 외로이 열매 씹던 사향고양이
갑자기 밝아진 빛을 눈이 받아 씹는다
분쇄기도 고양이 똥 한 움큼 넣으니 오독오독 씹는다
사람은 향기로운 멀쩡한 음식 먹고도 고약한 냄새
풍기는데 너의 똥은 황홀하단 말이 아깝지 않은 향이다

부부 커피잔에 새겨진 붉은 심장이
가라앉아 보이지 않을 만큼 가득 채운다
'1월 23일 결혼기념일'
동그라미 친 달력 보여주며

급히 씹는 사향고양이 눈 속에 들어앉은 팔라완섬

---

* alamid coffee : 필리핀의 사향고양이가 커피 열매를 먹고 배설한 똥을 정제하
여 만든 커피로 금값만큼이나 비싸다. 보통 civet coffee로 불리기도 한다.

스파이더맨Spider man

똑똑한 먹잇감이 그를 조롱하며 비껴갔을까
사냥의 기다림이 지루했던 걸까
그는 오늘도 가좌시장 골목에 줄을 내렸다
한나절 금식한 카세트테이프는
구슬픔의 씨실로 단단히 매어놓고
목젖에 기대어 뽑아지는 애절함이 날실 되어
동냥의 보따리를 엮어간다

몇 마리 밍크의 목숨을 담보한 여인이
100원짜리 하나로 넋을 달랜다
수많은 누에의 집을 허물어 달랑 넥타이 하나 건진 사내는
마음에도 없는 정육점 간판을 바라본다
나는 그 정육점에서 돼지고기 한 근을 샀다
돼지고기 받아먹은 검정 비닐봉투는
배설이 안 된다고 막힌 쪽만 탓하고 있다

거스름돈 500원을 내려놓지 못한 용기 없음을
그의 가죽은 검정 비닐봉투보다는 두꺼워

춥지 않을 것이라고 나는 애써 변명한다

배설 못한 한 근이 아랫배에 묵직하게 걸린다

분홍구두

건넌방 비우려고 세 자매 할머니 방으로 몰았다
앉은뱅이책상 밑으로 다리를 뻗어야 잘 수 있었다
누군가 책상 차지하면 나머지는 방바닥에 엎드려
다리를 반으로 접어 벽을 더듬으며 숙제를 하고
구구단을 외웠다
고구마 통가리라도 들여놓아야 하는 겨울이면
여덟 개의 장딴지가 고구마처럼 쌓였다

건넌방에는 순영이와 엄마가 들어왔다
찐 고구마 몇 개 갖고 가면 아빠가 사 온
군고구마 맛이라고 좋아했다
불평하는 세 자매 입단속 시키는 할머니는
늘 당나귀 귀였다

순영이는 그다음 해에 새 아빠 따라가버렸다
검정고무신 벗어주고 분홍구두 갈아 신고
글자 배워 꼭 편지 한다더니 소문만 다녀갔다

〉

겨우내 베란다 한쪽 구석에서 자리 지키던 고구마 박스
그 속에 다시 들어앉은 소문
쪼그라든 할머니에게 매달린 분홍구두 한 켤레

배다리 책방

세월의 훈장 온몸에 치장하고
몇 안 되는 책방을 기웃거린다
참고서와 전집류가 있던 곳은 기술서적과 시집 몇 권
입관 마친 시체처럼 묶인 채 누워있다
천 원짜리 신상명세표 위에 누워있는 시집 들춰보니
2004년산 육천 원

썰물에 휩쓸려 간 배는 어디선가 표류 중이라는데
떠난 자리에서 표준전과 동아수련장 고르느라
이틀을 헤맨 적 있다
회색빛 마음 밝히려 이 골목 함께 헤맸던 친구들
억지 등장시키자 반가운 몇 줌 햇살도
왁자지껄 우당탕

인천대교

바다와 하늘을 갈라 냅다 달렸다
갈라진 상처에 길이 생겼다

엄마의 다리가 끊어졌다 화장실 문턱이 산 같아서……
까불거리며 내리는 눈雪 떼가
감나무에 걸터앉는 소리도 조심하라 일렀다
자식들 곤한 잠 깰세라 이 악물고……

수술에 재수술 그리고 또
철사로 고정시켜 이어놓은 다리는
낡은 시멘트처럼 떨어지고
끊어진 다리 대신 자유의 날개를 다셨다

마지막 남은 햇살을 나에게 던질 때
하늘과 바다엔 거대한 연결고리 핏빛
이제 고요함의 시작이다
연결점 바라보니 날개 접은 엄마 발이 보인다
맨발, 까치발

수두

호봉산 정상에 가득 핀 진달래꽃
향에 취해 졸고 있을 때 배꼽 위에 피었다
곤하게 잠자는데 살금살금 들어와
뛰어다니더니 온몸에 자리 잡고 누웠다

밤새워 은밀한 거래 있었던 것 눈치 못 챘어
시치미 떼며 쏘아붙이는 봄바람의 변명들
진달래꽃 일제히 붉은 깃발 들었다

삼일 밤낮 쓰다듬어도 희열 없는 갈증,
손톱 밑에 꽃물 들일 때까지 견딜 수 있어
후미진 골짜기까지 피어서 붉은 잔치 열어도 괜찮아

타박타박 내려온 어둠을 걷어 올린다
진달래꽃 제자리에 옮겨 심으려고
깔아놓은 이불을 갠다

호봉산 곳곳에 큰잔치 열린다
폭죽 소리 여기저기 빨갛게 터진다

| 제2부 |

아침 산행

호봉산 초입 깔아놓은 멍석에서
아카시아 꽃잎들 취침 중이다
향과 맞바꾼 빗물은 목젖을 덮었고
발로 슬쩍 건드려도 끄덕끄덕 졸며 돌아눕는다

향물 툭툭 털어내는 이파리들
두 눈 부릅뜬 딱따구리에게 딱 걸렸다
구름도 물러가는 딱따구리 대장의 박음질 구령에
새들도 이파리 사이사이 구성진 소리로 수를 놓는다

화려한 연초록 보자기가 호봉산 가슴을 덮고 있다
젖은 머리칼 빗어 넘기며 올라오던 아침 햇살
금방이라도 초록 물주머니 잡아당길 자세다

산 속에서 살아봐야 초록강산을 안다고
청설모 발가락에 낀 이파리 하나
햇살 타고 난다

장마 · 1

산달을 채운 듯, 무거워진 구름
허공에 눕는다

양수가 터지자
쩌렁쩌렁 하늘을 구멍 내는
산고産苦의 비명
비명 다독이며 탄생하는 무수한 꽃들

마음에 쏙 드는 꽃을 만들기 위해
하늘은 또 으르렁거린다

그 소리 자장가 삼아 일상이 꿀잠에
풍덩 빠진다

장마 · 2

허공을 가르던, 날 선 검 몇 번 지나가더니
장롱 속 양복마다 흑백 꽃이 피어 있다
일주일 지나자 냄새 품은 꽃다발이 고개를 쳐든다

들어갈 양복도 없는데 커버부터 만들던 고모
호롱불 밑에서 졸다가 피 꽃으로 수놓았다
빗소리 자장가 삼아 한참을 자고 나면
양복 커버엔 알록달록 꽃다발 붙어 있었다
수 놓던 고모도 꽃다발도 장마와 함께 떠나면서
장롱 속에 흑백 꽃다발만 가득 숨겨 놓았다

커버에 붙어 있던 무지개는 언제쯤 되돌아올까

알레그로

몇 년 전 실명한 친구와 봄나들이했다
노랑 핑크 연두
차창 밖 세상은 크레파스 세 개면 족하다 일러 주었다

안성 깊은 숲속 수양관 흥겨운 잔치
도열한 은발의 장로 찬양단
2년 남짓 길랑바레*에 잡혀 병원에 갇힌 박 장로님
오랜만의 외출에 휠체어가 신났다

어눌한 손에 잡힌 지휘봉 끝에서 목련이, 개나리가
그리고 진달래가 피어오른다
은발의 무리 속 흘러나온 음자리표가 소나무 줄기를 타고
기어올랐다가 부메랑 되어 온산을 덮는다
진달래에게 바통 넘겨준 개나리
연둣빛 속살 부끄러움도 잊은 채
노랑저고리 벗어던지며 환호한다

친구의 긴 속눈썹 끝에 매달린 반짝 이슬

그 속에 진달래 한 송이 피어났다
온 힘 다해 휠체어 바퀴 받치고 있던 진달래
숨이 차오르는지 얼굴이 빨개진다
친구의 눈眼에 덮인 비늘 쪼아대는 소리
봄산을 적시고 있다 활발하게

*.길랑바레 증후군-바이러스가 신경세포를 건드려 전신마비가 옴

콩나물

동창회 마치고 돌아오는 길, 천 원어치 콩나물이
비닐봉투 안에서 들썩들썩 춤을 춘다
'여고 졸업반'과 '자주색 가방'도 한데 섞여 흥이 났다

함무이, 까까야?
손녀가 다가와 비닐봉투를 채간다
춤추던 콩나물도 자주색 가방도 날아간다
방금 걸레질한 덜 마른 거실 바닥에서
콩나물이 미끄럼을 타고 노란나비처럼 춤춘다
뽀로로와 친구들 속으로, 블록 속으로, 의자 밑으로
기어들어 숨바꼭질하느라 분주하다

온 집안이 갑자기 동화나라로 바뀌고
'냉장고나라 코코몽'이 세워진 무대가 들썩인다
기저귀의 손녀가 무대 위에 올라 콩나물과 춤춘다
노란나비 나풀나풀 흥을 돋우고,
숨바꼭질하던 뽀로로와 친구들

여기저기 얼굴을 내밀고 환호한다

날아갔던 자주색 가방에 콩나물이 가득하다

마트로시카*

반백의 형님댁 결혼 1주년
동생 둘째 아들 돌잔치 함께 묶던 날이다
돌잡이 바구니에서 형수가 목각인형을 잡자
고사리손은 집었던 지폐 던지고 인형으로 돌진한다
동생의 둘째 아들과 형수의
갑작스런 팽팽한 기 싸움이 벌어진 것이다
포도알 같은 눈동자에 눈물 한 바퀴 돌더니
천정 뚫는 울음소리로 패배를 알린다
서른일곱 살 베트남 새댁
끌어안은 마트로시카 머리만큼 얼굴 붉힌다

하객들 한편이 되어 박수소리 웃음소리 홀이 들썩이고
아군 없는 돌맞이 아가만 서럽다

올림픽 경기를 보는 것만큼 진지하다

* 마트로시카 - 러시아의 대표적 목각인형으로 다산의 의미가 있음.

새빨간 진실

잘 보이려고 붉어졌을 뿐인데 거짓말이라 했다
최선을 다해 붉어졌을 뿐인데 새빨간 거짓말이라 했다
거짓투성이 세상에 최선 다해 붉어진 네가 왜

반값 세일, 써 붙인 생선가게 앞에 꽃게가 수북하다
빨간 바지 입은 여자가 꽃게 한 마리만 더 얹어 달라 한다
밑지고 파는 거라는 주인의 말에
호주머니 속 만 원짜리 깊숙이 밀어 넣고
들고 있던 지갑 열어 탈탈 턴다
그 앞을 대통령 후보 유세차량이 지나가고
확성기에서 나오는 빨간색이 마을을 흔든다

텔레비전 화면을 빨갛게 채운 강릉산불 뉴스 속보
새빨간 진실이 활활 타고 있다
희생양이 된 나무가 진실을 고백한다
비를 기다리는 간절한 기도는 못들은 체하며
태양은 마냥 붉다
산을, 그리고 바다를 물들인다

새빨간 진실이 지구본에 색칠 중이다

골목길에서 묻다

산부인과 건물 지나면, 빛바랜 조산원 간판이
도둑처럼 기어오르는 이끼를 이리저리 헤치고 있었다
병원비라도 아끼고 싶은 여자의 고집은
부도 맞은 수표를 내세웠고
고집보다 좁은 그녀의 골목에서 겨우 빠져나온 뽀얀 알은
자신이 가질 수 있는 선택권을 품고 나왔다
애벌레 과정을 생략한 성급한 알은 삼십분 만에
나비가 되어 골목길을 나풀나풀 날았다
운동장을 지나 하늘로 향하는 나비를 그녀는
할 수 없이 놓아주었다

헐렁한 하늘색 치마 입고 오늘도 그 골목에 선다
삼십사 년 동안 마을을 이룬 이끼가 쇳내를 토해내고 있다
골다공증으로 금방이라도 바스라질 것 같은 간판이
지팡이를 잃고 기울어져 있다

하늘을 잡아당겨 치마 끝에 매달자
뒤집힌 하늘에 나비 한 마리 들어온다
헤매던 나비 떼가 치마 속으로 모여든다

보름달을 풀다

나뭇가지 사이에 끼어 속옷까지 벗어 던진 보름달
숨이 차올라 얼굴빛 짙어진다

알끈은 소화가 안 된다는 요리 강사의 말을 믿는 학생은
그를 끊어버리려고 손가락에 최면을 건다
젓가락 사이에서 노른자가 버둥댄다
알끈이 빠져나온 상처 사이로
개나리 꽃잎 같은 국물이 주르르 흘러 흰자 품에 안긴다
투명 볼 속에서 열 배쯤 몸이 커진 보름달이
뱅글뱅글 리듬 타는 중이다

어둠과 맞잡은 나뭇가지가 작은 바람의 칭찬에
힘자랑하며 우쭐대자
보름달 속에서 노른자 같은 국물이 튀어 오른다

국물이 새끼를 낳고 새끼가 손자를 낳아
그대의 보조개가 또렷이 보이는 밤이다

발아현미를 만들며

옷 벗지 않은 고집쟁이로 외톨이 신세

옷 벗길 때 친구 비명 들었고 벗겨진 옷도 보았죠
저 모습도 좋으니 벗겨달라고 기도했죠
현미에 섞여 아침저녁으로 맑은 물에만
목욕하는 귀한 몸

뽀얗게 몸단장하던 현미 몸에
잠자코 있던 생명이 고개 들고 내다보고 있어요
이젠 쓰레기통 들어갈 때라고 나를 보며 수군댔지요
젖은 갑옷 옆구리에 잉태된, 같은 생명 있었지만
잠자코 있어야 했어요

눈 감고 있는 나를 잡은 다섯 살짜리 손가락
하얀 화분에 쏙 집어넣자 옆에 있던 상추 슬쩍 비켜서요
감았던 눈 뜨며 나는 갑자기 당당해져요
1미리까지만이라는 현미와 차원이 다르니까요

〉

아버지처럼 주렁주렁 자식을 매달 것이라고
구겨진 꿈 다림질 시작해요

노인과 우주

바싹 마른 노인이 금방이라도 우수수 종소리가
쏟아질 것 같은 삼색 병 꽃에 물을 주고 있다
바다의 단단한 근육질에서 빠져나온 햇살이
맺힌 물방울에 은빛 우주를 매단다
노인의 얼굴에 피어있는 저승꽃에도 우주가 기웃거린다

삼색병꽃이 저승꽃에게
검으티티한 향이라도 있느냐 묻는 듯 슬쩍 스친다
저승꽃은 삼색병꽃에 매달려 기웃거리던
우주의 시선을 피한다

노인은 바가지에 들어앉은 저승꽃을 보며
어제보다 더 커졌다고 멀리 뿌린다
화려한 색도 향기도 없지만 어제보다 커졌다는 말에
삼색병꽃이 매달린 우주를 떨어뜨린다
노인은 더 커다란 바가지에 샘물을 가득 담아
반복해서 뿌린다

〉

맺힌 물방울마다 색색의 우주가 들어앉고
우주 속에 에워싸인 노인을 저승꽃이 쓰다듬는다
삼색병꽃이 들고 있던 우주 하나 저승꽃에 매달아준다

엄마와 다리미

20년 된 코발트다리미 코드선이 뱃살 감춘 복대 같다
손잡이를 잡는 순간 치리릭 감전 된다
첫사랑과 처음 손을 잡았던 때처럼

부도를 맞아 사업을 접어야만 했을 때
엄마는 얼굴도, 앞길도 매끈하게 다리라며
당신의 한 달치 용돈을 다리미로 눌러놓고 가셨다

다리미 코드선이 벗겨지던 날 엄마의 고관절이 부러졌다
테이프로 치료된 다리미는 십 년을 더 쓰고도 넉넉한데
철사로 동여맨 엄마의 고관절은 기어이 눕고야 말았다

감았던 묵은 테이프를 뜯고 청테이프로 치료한다
며칠 전부터 시큰거리던 팔목에 파스도 갈아붙인다
함께 달리는 파스 붙인 팔목과는 환상의 호흡이
다리미판 위에서 춤춘다

십년이 넘도록 누워있던 엄마의 고관절이 일어서니

삼십년 전 다리미 밑에 깔려있던 금일봉도 함께 달린다
다리미 확인하려고 엄마 잠깐 다녀가셨다

바람의 날개

바람들이 갈매기 날개를 꺾어가며 받쳐준다
새우깡을 채갈 때면 날개들은 더 바삐 움직여야 한다
관광객의 옷자락을 폼 나게 흔들어야 하고
카메라 앞에 서 있는 여자의 머리칼을 잡았다가 놓는 것도
기교를 부려야 하기에 여간 신경 쓰이는 게 아니다
때론 허공의 골목을 잘못 들어서 밀고 밀리다가
바람의 날개들끼리 부딪히기도 하지만 양보하고
다독이며 그들대로의 질서로 완벽하게 해결한다

일기예보에 노란불이 켜지는 날,
여객선이 바다를 밀다가 힘들다고 투정을 하면
바다의 엉덩이 찰싹 때려 여객선 다독이고
풀죽은 바다에겐 작은 날개 살짝 꺼내어
간질간질 장난질로 깔깔 웃게도 한다

모자 쓴 젊은 연인이 갑판 위에서 사진을 찍고 있다
신호 위반 딱지가 남자의 윗주머니에서
세상이 궁금한 듯 내다보고 있다

장난기 발동한 바람이 커다란 날개로 그 모자를 채다가
이곳저곳 허공의 골목을 굴리고 다닌다
모자 앞에서 신호를 바꾸느라 골목이 번쩍거린다

전설의 시작

음식점 계단을 걸어 내려온 비둘기가 횡단보도를 걷는다
꺼억, 트림도 하며 아장아장 걷다가 껑충껑충 뛰어간다
빠앙, 자동차 경적에도 모르쇠다

실직한 남자가 물 말은 밥을 창밖으로 던진다
창밖이 와자하며 잔칫집 분위기다
오늘은 먹이 찾던 산비둘기 몇 마리도 합류했다
남자는 내일 먹을 양식에서 한 움큼 더 집어 뿌린다

전쟁사 동화를 읽던 꼬마가 화들짝 놀란다
카메라를 매단 가슴, 편지 묶인 발목의 비둘기가
책 속에서 튀어나와 꼬마의 눈 속으로 들어간다
비둘기 안고 백마에 올랐던 의병장이 뒤쫓아 나오고
비둘기 동행하고 한양길 갔던 선비도 뒤쫓아 나온다
짚신 갈아 신고 비둘기와 산비둘기 사이를 걷는다

소나기 쏟아지자 정신없이 먹이를 쪼던 비둘기 한 마리
서둘러 책 속으로 걸어 들어간다 조용해진다

먹이 찾던 비둘기들이 줄지어 책 속으로 들어간다

꼬마가 아무 일도 없었다는 듯 조용히 책을 덮는다

찻잔에 빠진 햇살

눈치 없는 햇살이 식탁 아래까지 기어들어 간다
시작도 못 한 청소상태 이곳저곳 지적하며 다닌다
찻잔에 설탕을 넣는 여자의 숨소리가 햇살을 흔드니
햇살은 먼지를 몸속에 넣고 동동 띄운다
여자가 푸르스름하게 녹아내리는 어깨를
햇살 속에 넣었다 빼기를 반복하는 동안
흩어졌던 것들이 제자리를 찾는다

함무이, 사랑해요
입 맞추는 손녀의 입술이 마술 나라다
햇살 흔들던 숨소리도 제자리를 찾는다

각설탕이 모서리를 잃으며 주저앉으니
커피도 온몸의 향을 풀어 집안 구석까지 채운다
이곳저곳 살피던 햇살이 검사 하다말고
눈치를 보다가 슬쩍 찻잔에 빠진다

여자가 햇살을 마신다
함께 마술나라에 간다

| 제3부 |

하얀 숲에는 하얀 것들만 산다

오후가 되자 원적산 뒤에 숨어있던 바람이
급히 오르더니 접혀있던 하늘을 두드려 편다
농익은 겨울이 틈새에 끼어있던 씨앗을 내놓는다
씨앗이 톡톡 떨어진다

초저녁부터 떨어졌던 씨앗이 밤새 씨눈을 틔우더니
아침이 되자 하얀 숲을 이뤘다
숲속에선 언제부터 있었는지 노루 사슴이
우유배달 아줌마의 발자국 소리에 귀 기울이고
편백나무 위에는 토끼와 강아지도 매달려 있다
보리수나무에서 마을을 이룬 나비 떼가
급브레이크 밟는 소리에 몇 마리 후두둑 날아간다

공평한 숲
하얀 숲에는 하얀 것들만 산다

숨겨둔 노래

펜션 안 잡다한 대화들이 익어가는 포도송이다
잠자리가 잡아채어 개복숭아나무 위에 걸어놓으니
가지 위에서 포도송이가 자라 주렁주렁 매달린다
낮잠 자던 매미들이 포도송이를 따느라 소란하다
누군가 창문을 열며 함께 따자고 외친다
대답 대신 잘 익은 포도 몇 송이 창문 향해 던지자
소리들이 펜션 방바닥을 고양이처럼 기어다닌다
강아지처럼 뛰다가 벌처럼 공중을 빙빙 돈다

덕적도 해변의 굴들이 소리 없는 노래를 부른다
마을을 이룬 굴들은 밤새 바람의 노래를 배운다
굴들은 아무도 없는 깊은 밤에만 노래한다
눈을 꼭 감고도 잠꼬대처럼 흥얼댄다
굴들이 파도에 자리를 뺏길세라 바위를 꼭 붙잡고 있다
바람의 노래로 서로 잠을 깨우며, 필사적으로 붙잡는다
밤새 들락거리던 노래도 아침이면 바위에 붙는다

다 버리고 가자던 노래 한 조각 남겨 둔다

아무도 몰래 가방 속에 집어넣는데
배웅하던 바람이 개복숭아나무를 흔든다.
가방 속 노래 조각이 튀어나와 섬을 빙빙 돈다

때론 연기가 필요해

예식장 앞 화환이 신랑을 호위하며
축의금 봉투 들고 서 있는 여자처럼 웃고 있다
백합이 장미와 거베라 속에서 고개를 들고 두리번거린다

여자처럼 웃고 있던 화환이 남자의 등에 업혔다
허둥지둥 계단을 내려가다 여자와 눈이 마주쳤다
무엇 때문에 바쁜지 영문을 모르는 화환이
슬쩍 눈인사 한다

검은 재킷으로 갈아입은 여자가 장례식장으로 들어간다
귀고리도 빼고 눈꼬리, 입꼬리도 내린다
어색한 미소 담은 국화가 일렬횡대로 서서 묵념 중이다
눈인사했던 백합이 국화 사이에서 고개를 숙이고 있다
여자를 알아보지만 웃지 않는다
여자도 반가움에 놀라지만 웃지 않는다

상주의 검은 옷이 얼굴까지 물들인다
문상객의 대화도 무게를 감당 못하고 상 아래로 떨어진다

창문의 작은 틈새로 들어온 햇살도 키를 줄이며 긴장한다

영정사진이 국화 속에서 활짝 웃는다
웃고 싶어 하는 국화 대신 웃는다
누군가 창문을 연다
키를 줄이며 긴장했던 햇살이 급히 거꾸러진다

바라보던 백합도 잠시 긴장을 늦추며 여자를 본다
마주 보며 아무도 눈치 못 챌 웃음 반짝 놓는다

마중물

Y자 만나는 길, 펌프 하나 늙어가고 있다

물 한 바가지 마시고 산을 오르내리며 그녀와 난
매일 아침 약수통 가득 물도 가정사도 섞어 담았다
그 잃어버린 길이 녹슬기 시작했다
작은 자존심 서로 위에 얹겠다고 고집했던 날부터

산에 오르던 사람들이 손잡이 몇 번 흔들어 본다
응답은 없고 헛구역질뿐이다
마시려던 생수, 한 방울도 남김없이 쏟아 붓는다
심호흡 크게 하고 팔에 기합氣合을 넣는다
가속이 붙으며 울컥 쏟아지는 녹물 한 바가지
그러다가 하늘빛 닮은 물줄기로 답을 한다

펌프 사진에 하트 가득 담아 그녀 집으로 전송한다
카톡!
그녀의 구수한 하트가 서럽게 되살아난다

어제보다 하늘이 징글맞게 푸르다

페인트공

한신휴아파트 209동 외벽에, 외줄의 날개 펼친
페인트공의 춤사위 각도가 각각이다
한 손에는 휴대폰 들고, 한 손에는 페인트 권총 들고
힘차게 벽을 차며 눈雪 속을 들락거린다

조금씩 날개를 늘이며 눈 속에서 춤추는 그 페인트공은
21층 나를 위해 공연 중이다
나는 따스한 유자차 한 잔 들고 그를 기다린다
외줄 날개를 한 뼘 더 펼치던 그와
베란다 유리창 앞에서 눈이 마주쳤다
따스한 쌍화탕과 유자차 건네자
성악을 전공한 러시아 사람이라고 정보 흘린다
나는 몰아치는 눈보라가 안쓰러웠는데 그는
예정에 없던 배경 설정이 맘에 들었단다

발레를 배운 적도, 미술을 공부한 적도 없다는 그는
전공한 성악보다 더 멋진 작품을 그리고 있다
제일 큰 날갯짓에 멀어지며 손을 흔드는데
209동 하늘색 외벽에, 눈꽃이 박혀 마무리 된다

족제비 승천하다

앉은뱅이책상 이십 년 동안 헛간을 지키고 있다
이사할 집에 어울리지 않으니 버리자고 한다

갑자기 밝은 빛에 눈이 부신지 기우뚱한다
삐걱거리며 튕겨 나가는 서랍 하나
그 속에 아버지의 기억이 잠자고 있다
붓 발에 싸여 하늘 향한 간절함이 꼿꼿한 채
아버지 관에 누우실 때처럼 얌전히 누워있다

창가에 고드름처럼 매달렸던 여러 종류의 붓,
그중에서 족제비의 인기는 최고였다
손가락에 붙잡히면 날렵하게 화선지에서 놀았다
밤만 되면 족제비는 맑은소리가 날 만큼 뛰었다

평생 먹만 갈던 아버지, 단명하는 집안 내력 거역 못하고
당신의 버팀목이던 아버지 대신 소를 끌고 쟁기를 잡았다
올망졸망 매달린 목구멍들이 있었으니
해소천식, 암 덩어리 자리 잡아도 내쫓지 못했다

〉

목욕도 못한 족제비가 아버지처럼 누워있다
뛰고 달리고 날기를 이십 년 만큼 굳어갔다
목욕하면 달릴 수 있을까 물속에 넣으니
손가락 사이에서 몸이 빠져나간다
승천한 증거물이 대야에 둥둥 떠다닌다

정표

개나리 아랫도리에 왕국이 잉태되었다
아직 완성되지 못한 치마는
발등까지 덮으려고 이리저리 안간힘이다
엉성한 치마 속에서도 왕국의 세력은 커졌다
개나리도 세찬 바람이 불면 얼음성에 기댔다

달력 몇 장이 넘어가고
TV 화면이 연분홍, 노란색으로 간간이 물든다
아랫도리에 슬슬 양수 흐르는 소리에
개나리는 급히 치마를 엮어 얼음성을 감싼다
살금살금 기어들던 봄이 대놓고 쳐들어온다
대들보를 무너뜨린다
노란 치마 속에 숨어있던 마지막 성이 함락되고
미처 빠져나가지 못한 이삿짐이 웅크린 것처럼 앉아있다

겨울이 허연 꼬리 뭉턱 잘라
개나리꽃잎 위에 정표처럼 놓고 간다

여우비

보도블록에 실로폰 소리 같은 빗방울
몇 알 후드득 떨어진다
구름이 훔치고 지나간 하늘은 시리도록 새초롬한데
후드득 통통 맑은 소리 어디서 데려온 걸까

가로수 하나씩 볼모로 잡은 매미의 구애가
실로폰 박자로 함께 튀어 오른다

매미 등에 업힌 물방울 하나 솔# 위에 떨어진다.

화장장에서

추위를 몹시 타던 형부는 기어이 불 속에 누웠다

평생을 담뱃불로 몸을 데우더니
빠져나가지 못한 연기가 한꺼번에 터지며 반기 들었다
데워진 몸은 저체온수면치료* 처방에
따스한 난로를 꿈꾸며 깊은 잠에 빠졌다
이 지독한 팔월의 무더위도 만족하지 못하고
자꾸만 따스한 곳으로 기어들고 싶어 했다
차례를 기다리는 동안에도
계속 이불 끝으로 불 쪽을 가리켰다

불 속에 누워 두 시간을 즐기고 나서야
붉은 몸을 털고 나오던 형부는 분쇄기에 몸을 식히며
비로소 오열하는 가족들을 둘러본다

유골함에 새겨진 나비가 날개를 편다
그곳에서 봄이 되살아난다
〉

* 저체온치료-심장기능이 일시 정지된 환자의 체온을 인위적으로 내려 신진
대사 및 산소 소비량을 감소시킴으로써 뇌세포 파괴를 막는 치료법.

거북시장 · 2

다닥다닥 붙은 것은 모두 허기야

돈을 사려는 사람들의 자리가 헐거워지고 있어 자리 다툼
의 소리도 한 톤 내려왔지 가끔이지만 천막 속으로 들어가
돈 사기를 거부하기도 해 밧줄에 묶인 천막은 찬바람이 귀
찮다며 아무리 두드려도 열어줄 생각을 안 해

한 여자가 묶인 천막 앞에서 서성이다 마트로 들어가고
한 남자는 바다의 꿈을 포기한 고등어 앞에 섰다가 목도리
를 다시 여미며 정육점으로 들어갔어 그때 묶인 천막 위로
눈송이가 걸터앉으며 천막을 탕탕 두드렸어 그 소리에 놀란
군고구마 통이 문을 활짝 열고 몸을 녹인 붕어도 잉어도
새 가정으로 급히 분양 중이야 구원 요청 받은 바람은 묶인
밧줄을 풀어보려 애쓰고 눈송이도 더 세게 천막을 두드리며
그만 나오라고 하지만 이미 깊은 잠에 빠졌는지 미동조차
없어

하늘에서 내려오는 하얀 포승줄에 묶일세라 사람들의 발
걸음은 바빠지고 묶인 천막은 두드리는 소리 자장가 삼아
깊은 겨울잠에 빠지고 아지랑이 가득한 들판 꿈꾸는 모습을

마트 진열장 바구니에 들어앉은 냉이가 유리창을 통해 내다
보는데 마트 맞은편 전봇대 옆에는 통닭집 사장님이었던
구 씨가 전봇대와 함께 하얀 포승줄에 묶이고 있어 도둑질
한 적도 없는데 어디로 데려가려는지

거북시장엔 거북이는 없고 허기만 눈 속을 헤엄쳐 다니는
중이야

거북시장* · 3

거북시장 등 속이 텅 비어있다
돈을 사려는 사람들이 돈을 찾아 등에서 빠져나갔다
거북시장 밖으로 나가더니 노점 골목을 만들었다
슬그머니 도로에 주저앉은 노점은
영락없는 거북의 꼬리였다
한때 거북시장 속은 꽉 차 있었고 거북은 당당했다

거북시장 등을 받치고 있던 떡방앗간 앞이 부산하다
엊그제는 김치가게에서 냉장고와 김치통을 빼내더니
오늘은 떡시루를 통째로 빼내고 있다
빈 거북이 등껍질 속으로 바람이 들어간다
곰팡이 섞인 쇳내가, 몰려온 벚꽃 향기를 먹어치운다

길게 자란 거북이 꼬리를 따라가며 기웃거린다
제법 통통했던 꼬리는 돈을 사지 못해 가늘어지고
견디다 못해 떠난 곳을 벚꽃잎이 채운다
방금 수족관에서 나온 우럭이 뻐끔거리며 쳐다본다
주인은 이만 원을 사고, 나는 우럭 두 마리를 샀다

한 바구니에 만 원하는 참외, 오천 원 더 주고
두 바구니 사고, 상추 풋고추 시금치도 양손 가득 샀다

돈을 산 사람들은 조금 웃었고 나는 많이 웃었다
거북이 꼬리가 살짝 움직여서 조금 웃었고
나는 물건을 많이 사서 많이 웃었다

거북시장 골목은 사려는 사람들의 환상이 늘 가득하다

* 거북시장-인천서구 석남동에 위치한 재래시장으로 거북이 형상이어서 붙여진
이름인데, 현재는 시장통은 텅 비어있고 상인들이 길 양쪽으로 나와서 노점으
로 시장이 형성됨.

ㄱ과 ㄹ

낫 놓고 기역ㄱ자도 모른다고 빈정대던 대식이
할머니는 대답 대신 몸소 기역자를 만든다
파지 몇 장 실은 손수레도 버거워 끌려가며 디귿ㄷ이 된다
출소 날짜 기다리다 면회 날짜 잡으며
파지 값 7천 원 대식이 베게 밑에 넣는다

내 손자 대식이 큰 회사 높은 사람이라
바빠서 못 오다가 오늘 온단다
할머니는 대식이 준다며 두부 한 모 큼직하게 썬다
파지는 심심하여 운동 삼아 줍는단다
이른 새벽부터 주운 박스 몇 장이
찬바람에 눌려 손수레 위에서 떨고 있다

대식이가 떨고 있던 박스를 집어던지며 운다
박스는 울음소리와 함께 허공에 흩어지고
대식이는 할머니 앞에 리을ㄹ자가 된다
무릎은 죄인이 꿇는 거라는 할머니 호통도 허공에 뜬다

〉

보내준 용돈 쓰고 남았다는 저금통장이
베게 밑에서 나오다 방향을 못 찾고 바닥으로 떨어진다
개명한 통장이 도장 품고 할머니 베게 밑으로 들어간다

피아노의 뿌리

십 년만의 외출
주인과의 이별을 눈치 챘는지 고집을 부린다
장정 두 명이 가마를 갖다 대자 슬쩍 올라탄다

네 가닥 뿌리를 내리다가 멈춘 곳에
올라오던 울음이 터지지 못하고 엉겨있다
일곱 번 이사할 때마다 어디에 내려놓아도 좋아했다
처음 오던 날, 젓가락 행진곡으로 축제장이 되었는데
베토벤 모차르트가 다녀가더니 찬송가도 멈칫한다
가마에 함께 올라탔을 거라고 목에 걸린 것을
애써 삼키는데 티가 되어 눈으로 들어간다
들어간 티를 꺼내어 뿌리 내리던 곳 흔적을 지우며
다녀갔던 베토벤 모차르트도 다시 데려오고
방황하는 찬송가도 한 자리로 부르기를 기도한다

"혹시 저거 저에게 주실 수 있나요?"
새 주인은 벗겨놓은 드레스를 가리킨다
출구 앞에 멈춰서 다시 옷을 입으며 이쪽을 본다

〉
네 가닥 뿌리에 엉겨있던 것이 젓가락 행진곡에 맞춰
뱅글뱅글 돌며 엉긴 몸 풀고 있다

들개 조상님

이 집 저 집에서 쫓겨난 조상*들이 태국 길거리를 헤맨다
그도 태어나자마자 조상이었다
3년 동안 온 가족이 부모님이라고 떠받들더니
하루아침에 길거리로 내몰렸다
이른 아침 영문도 모른 채 노숙자 모습으로
살던 집 문을 두드렸지만
가족들은 몽둥이를 휘둘렀고 돌팔매질까지 해댔다

던져주는 먹이도 마다했던 자존심
백주대낮 쓰레기통을 뒤지는 데도 익숙해졌다
강아지가 들개가 되던 날, 다시 본 모습을 찾았으며
쫓겨난 집도 가족도 환생 전이었다고 잊었다

오늘 아침에도 쫓겨난 파란 대문집 조상님이
문 앞에 쭈그려 앉았다가 환생하여 길거리로 향한다
아직 환생을 인정 못해 힐끔힐끔 뒤돌아본다

해외로 가족여행 간 노모 태국 거리를 헤맨다

* 태국에서는 부모님이 돌아가시면 갓 태어난 강아지를 부모님으로 모시다가 3년이 되면 버린다고 한다.

아직도 공사 중입니다

대로에 인접한 대문에 못을 박고
이웃과 통하는 골목으로 대문을 옮깁니다
한 쪽은 쌓고 한 쪽은 허뭅니다
벌써 몇 번째 반복되는 공사이기에 익숙합니다
창문도 방문도 이쪽저쪽으로 옮겨 다니느라 바쁩니다

준공검사 날짜는 여전히 미정이지만 서두르지 않습니다
공사를 중단하고 한동안 쉬기를 반복하기도 합니다
그분의 합격을 받기엔 여전히 부족하고 자신이 없습니다
이곳저곳 지적당하고 평가 받아야 할 것이 많기에
여전히 공사 중임을 내세워 지적을 피하는 중입니다
언제 끝날지 모르는 공사는 계속 진행 중입니다
새벽공기를 가르며 중단했던 공사를 시작합니다
비록 준공검사는 받지 못하겠지만
가사용승인 신청은 할 수 있습니다

언제 끝날지도 모르는 나를 공사 중입니다

제4부

조화造花의 기억상실

숙희에게 안겨 환하게 웃으며 집들이 선물로 들어왔던
해바라기 한 다발이 일 년이 넘도록 그 자세다
버려진 천 조각 모아 투박한 손에서 태어난 꽃들,
태어난 과정이 도무지 생각나지 않는다는 듯 무표정이다

숙희도 기억상실 중이다
일 년 가까이 누워만 있는 그녀의 기억은
눈부신 불빛과 함께 중심을 잃고 바퀴 속으로 기어들었다
깊이 빠져버린 기억은
점점 멀어지는 가족들을 붙잡으려 했지만 놓치고 말았다

닫았던 커튼 올리고 잡아보는 손
억순이를 기억하는 굳은살이 아직도 만져진다
내 손을 기억하려는 듯 온기를 보낸다

표정 없는 해바라기 가족을 톡톡 털어 창가에 놓는다
창밖의 세상에서 자신의 기억을 가져오면
푸른 잎의 숫자를 늘리며 신비한 봉오리가 생겼던
그때가 생각날지, 만들어준 그녀가 생각날지

전설을 덥석 물다

그들은 어떤 사이였을까

망둥어가 숭어 데려왔다는 환호 소리 파도를 탔다
아마도 전설의 세상을 믿고 따라왔을 것이다
바다밖에는 용궁보다 더 좋은 집과
꽃가마에 앉아 멋진 파티에 참석할 수 있다는
꿈을 따라왔을 것이다
전설을 믿고 나갔던 그 누구도
돌아오지 않는 이유를 믿었을 것이다

때마침 내려온 미끼를 물려는데 누군가 앞섰고
안 뺏기려고 힘껏 물었는데 앞선 망둥어를 물었을 것이다
사람들의 손뼉 치는 소리에 정신이 들었을 땐
낚시바늘에 입이 찢긴 강사를 물고 있었던 거다
그 둘은 강사와 교육생이었을 것이다

미끼를 읽지 못하면 먹잇감이 된단다
전설도 소문도 믿지 말라고 했다

망둥어 강의에 모두 귀 기울이는데 숭어는 졸고 있다
언청이에 지느러미 너덜너덜, 의무교육이라 붙잡혀 있다
멋진 숭어 이미지에 오징어 먹물 뿌렸다고 무시했지만
미끼에 대해 모두 터득했다고 코웃음 쳤다

의무교육과 현실은 다르다고 덥석 미끼를 물었을 것이다
도마 위에 누워 속 비우는 수치심 견디며 교육의 순간을
잠시 떠올렸을 것이다

허공에 매달려 젖은 몸 말리는 망둥어
금테 두른 접시에 꽃잎 깔고 앉은 숭어
빠져나가는 영혼을 치켜뜬 두 눈에 모으고 있다

우산

버스에서 내리며 정신머리 멱살을 잡아다 앉힌다
책상 위에 놓고 온 하늘색 우산
굵어지는 빗방울이 정신머리를 두드려 팬다
말리기라도 하듯 하늘을 가로막는 체크무늬 우산
집 앞에서 뒤돌아서는 그의 반대편 어깨가 젖어있었다

비 오는 날이면 체크무늬 아래를 함께 걸었다
하늘색 우산은 늘 접혀있었고 그의 어깨는 축축했다

비가 그치고 해가 뜨고 가뭄이 계속되었을 때
그는 마른 어깨를 보이며 비가 내리는 마을로 갔다
비 맞고 있을 누군가를 씌워주려고
우산 하나 달랑 들고 떠났다

마지막 비를 만났던 날
그의 쇄골엔 빗물이 한 사발씩 담겨 있었다

산불

굶주린 포식자 하늘 향해 누워있다
길게 내민 혓바닥 입맛 다시며 달려들어
닥치는 대로 먹어치운다

따스한 세상 보러 나왔던 이파리들
너무 뜨거워 놀라며 자지러진다
미처 피하지 못한 나무들도
돌부리에 걸려 넘어지며 아우성이다

모두 잡혀 먹힌 까만 세상
포식자가 누웠던 자리엔 배설물만 가득이다

용케 살아남은 연둣빛 어린나무
배설물 속에서 두리번거리며 살짝 고개를 든다
주먹손 펴보니 까만 엄마의 살점을 쥐고 있다

고무줄놀이

'신삥전파사' 간판 위
전깃줄이 일렬횡대로 걸려있고
제비 두 마리가 전깃줄 위에서 고무줄놀이를 하고 있다
가랑비에 젖은 몸 아침 햇살에 말리던 스피커가
갑자기 컹컹 짖어댄다
그러자 제비 한 마리 날아가고
한 마리는 그 모습을 우두커니 바라보고 있다

팬티 고무줄까지 이어서 고무줄놀이 하던 친구들
어디론가 모두 떠나고 나는 홀로 제비를 바라보고 있다
그 제비 내 앞에 오더니 아는 척 똥을 싼다
크게 짖어대는 스피커 위에도 보란 듯 찍 갈기고
멀리 날아가 버린다.
똥 맞은 스피커 더 크게 짖어댄다

고무줄 끊어 달아났던 민수, 전봇대에 기대어 씨익 웃는다
손에 감고 있던 고무줄 보여주며 손짓한다

아버지 묘 이장하던 날

아버지의 묘 이장하던 날
지구본 반쪽 같은 봉분 위 검은 개미 두 마리가
애벌레 앞에 놓고 의견이 분분하다

좁쌀만 한 애벌레 이쪽저쪽 구르느라 어지럽다
흰개미 두 마리 나타나 한쪽으로 먹이를 끌자
검은개미 두 마리도 반대 방향으로 의견 모은다
어디서 나타났는지 붉은개미 노란개미 달려들자
검은개미 흰개미 같은 편 된다

꿈틀대던 애벌레 포기한 듯 조용하다
소문 따라온 개미들 밀고 밀리고 아수라장이다
꿈쩍하지 않던 애벌레 흙덩이 타고 아래로 탈출한다

포크레인이 지구본 한쪽을 뜨자
놓친 먹이 대신 우주인의 팔다리를 물어뜯는다
잠든 자의 영혼 위에서 벌이는
산 자들의 눈물겨운 사투

풀등*

덮고 있던 푸른 이불 걷히자 만삭의 배腹가 드러난다
침대 바닥까지 내보인 적 없기에 등이라 했다지
그러나 그건 분명 만삭의 배
언제부터 배가 불러왔는지 이불 속이 궁금하다

몇억 년이라는 소문은 있지만 그건 아무도 모른다
하루에 두 번 이불을 걷는다는 것 외엔
날마다 출산 된 생명체들이 주위에서 맴돌고
배腹를 열고 막 태어나는 비단 고동들이
뱃가죽 위로 올라온다
임신과 출산으로 뱃가죽은 주름져 있다
주위를 맴돌던 불가사리와 조개도 엉금엉금 기어와
주름 속에 숨는다
불룩한 배를 콕콕 두드리는 갈매기
태어날 것들에 대해 궁금한 게 많은가 보다

늘 무엔가 간절한 소망
바다의 몸짓으로 키운 거대한 모태신앙

* 대이작도에 있는 모래섬으로 밤과 낮에 한 번씩 모습을 보인다.

봉림저수지*

지금도
칠성사이다 받아먹은 봉림 저수지* 시침을 떼고 있다
찐 계란 떨어뜨리지 않으려고 허둥대다 바위에 부딪힌 병
두 동강 난 사이다병엔 한 모금도 남아 있지 않았다

포플러나무들도 나눠 마셨는지
이파리마다 칠성七星을 달고 저수지에 들어가 있다
제비 한 마리 날아와 물 위를 슬쩍 건드리니
들어앉은 포플러나무들도 공범인 양 몸을 흔든다

포플러의 뻗은 팔에 올라앉은 저수지
이파리가 흔들릴 때마다 쭉쭉 늘어나 마을을 넘었다지
내려다보던 태양이 길게 꼬리 내리자
시침 떼던 봉림저수지가 얼굴을 붉힌다

* 충남 덕산에 위치한 저수지.

찬이 엄마

'오수일정형외과'
손에 목련 한 송이 들고 나오는 찬이 엄마
야간작업 중에 다쳤는데 왼손이라 다행이란다
출근만 하면 작업 안 해도 월급 나온다고 웃는다
"붕대 천천히 풀어도 되겠네"
"착한 사장님 내가 얼른 부자 맹글어 드려야쥬"
손에 든 목련과 계단 옆의 목련을 번갈아 본다

두툼한 목련, 감았던 붕대를 푼다
가위 바위 보 손가락 움직여 본다
자줏빛 봄볕 연고 쓱쓱 바르고
바라보던 비둘기는
지난주에 배운 구구단 큰소리로 반복한다

찬이 엄마, 사장님께 전화한다
"왼손 붕대로 감으니 오른손으로 힘이 뻗치네유
내일 일찍 갈 게유"

참 좋은 핑계

공단 앞 작은 공원
단풍나무가 소나무에 기대어 다소곳하다
분명 어제까지 각자 경계를 두고 서 있었는데
소나무의 어깨에 단풍나무 머리가 살짝 얹혀있다
고단한 연인들의 달달한 데이트 부러웠나
천둥 번개가 무서웠나

비바람도 다 물러가고
아침도 다 익어가는 햇살 넉넉한 시간인데
한 쌍이 되어버린 나무 서로 떨어지지 않는다

목청 다듬은 매미 소리 한꺼번에 쏟아부어도
이파리 몇 장 흔들더니 꿈속 여행길 계속 간다

버들강아지

버들가지에 강아지가 떼 지어 기어들었다
언제 그 속으로 숨어들었는지 아무도 모른다
시냇물이 얼음 뚜껑 덮으려 할 때
줄지어 기어들어 갔다고 소문만 무성했다
싸락눈이 싸락싸락 비질할 때에
사람들은 강아지 짖는 소리가 강둑을 넘었다고 했다
소문의 시작점이 어디서부터인지 모르지만
마을 사람들은 누구도 의심하지 않았다

시냇가에서 숨바꼭질하느라 숨었는지
각자 한 마리씩 들어갔는지 한꺼번에 떼 지어 갔는지
겨우내 소식은 끊겼고 시냇물도 얼음 빗장 걸었다

얼음 속에 갇혀있던 봄바람 한꺼번에 떼로 탈출한다
얼음 뚜껑 열리고 봄 햇살도 소풍 나오고
숨어있던 강아지도 하나 둘 봄바람에게 들킨다
강아지들 숨바꼭질 끝내고 나무에 주렁주렁 매달린다
〉

탈출한 봄바람 햇살과 손잡고 달리자
겨우내 자란 털복숭이 강아지 떼
나뭇가지에 한꺼번에 다닥다닥 붙는다

양파자루

부도수표 끌어안고 공장문에 못 박던 굳은살 박인 손
그는 굳은살을 물어뜯으며 사는 게 너무 맵다고 했다
어둠이 버티고 있는 새벽, 낡은 승용차가 그렁거린다
짐칸엔 가방 하나와 주방기구 몇 가지

고향으로 귀향했다가 두 해 만에 되돌아온 그 승용차
헐렁했던 짐칸엔 양파자루가 가득하다
땅은 사기 치지 않는다며 커다란 양파 한 자루 선심 쓴다

한참을 먹어도 마술 자루처럼 줄지 않는 양파 자루
지독히 매운맛 겹겹이 숨기고 있더니
참지 못하고 푸른 잎으로 내보내고 있다
두더지처럼 땅속을 뒤지며 매운맛만 골라 먹었을 텐데
달다 단맛이 난다
그 부부에게 어떤 일이 있었던 걸까
매운 세상 땅속에서 무슨 일이 있었던 걸까

"밤낮없이 매운맛만 주고받았는데

이젠 우리 사이 달달해"

부부의 그을린 얼굴에 담긴 머쓱한 미소가 참으로 달다

금당주막*

나는 지금 연꽃 속을 산책 중이야 아니, 헤매고 있지
꽃잎 하나 열고 들어가면 길게 늘어선 돌담이야
돌담은 벚나무 이파리 타고 내려온 햇살에게
곰삭은 황토 젖을 물리고 있어
지나가던 갓 쓴 선비는 그 모습 바라보다가
바람이 쥐여주는 냄새 붙잡고 사라졌어
선비의 행방 찾으려고 문을 두 장 밀었지
열린 두 길 사이에서 패랭이 남정네와 주모가 눈인사 했어

꽃 문을 열 때마다 돌담길이 반겼어
젖 냄새 풍기는 돌담은 나무 그늘 끌어다 덮느라 소란하고
황토 속에 박혀 실컷 냄새 먹은 돌들은
눈만 껌벅이고 있어

문을 세다 잊어버리고 깊숙이 들어간 곳
금당주막에서 그 선비 자리를 털며 갓을 고쳐 매고
주모는 들락거리며 주전자를 재촉했어
막걸리 한 사발 부으니 연꽃은 문마다 활짝 열어젖혔고

드디어 나는 헤매던 길을 찾았어

* 경북 예천에 있는 금당주막은 연꽃모양의 속에 들어있다.

복숭아나무

복사꽃 젖몸살 시작할 즈음,
쉰둘의 사내가 새신랑이 되었다
신방新房까지 찾아온 복숭아 한 알
씨앗은 머물러 자리 잡기 위해
단단한 몸을 연하게 풀었다
늙은 신부도 싹 틔울 공간에 부드러운 자리를 폈다

연분홍 어린나무들의 웃음이 과수원을 가득 채울 때
한 귀퉁이에 서 있던 늙은 나무
폐경이 가까운 듯 몇 개 매달린 복사꽃 시름시름 앓는다
사내는 반백의 머리를 쓸어올리며 나무 밑동에 톱을 댄다
스무 살 늙은 복숭아나무, 사내 앞에 얌전하다
이십 년 동안 사내는 그의 친구였고 지아비였다
단번에 쓰러뜨리려고 톱날이 으르렁대자
신방 찾아왔던 복숭아, 사내의 생각 속에서 어슬렁댄다
사내는 톱을 던져 놓고 전지가위를 잡는다
내팽개쳐진 톱은 날카로운 이빨로 땅을 물어뜯는다

〉

겨우내 몸단장하며 폐경 물리친 늙은 복숭아나무
연분홍 복사꽃 이리저리 매달고 과수원을 환히 밝힌다
푸른색 덧칠한 하늘에 고이던 단물
잎맥 타고 내려와 젖줄로 흐른다

엄마 품에 안긴 복숭아가 달콤한 젖을 빤다
늙은 나무에 매달린 열매도 젖줄을 문다
위태하게 매달렸던 젊음 단단히 잡아매준 사내
가슴속에 있던 커다란 웃음소리 어깨 위에 얹는다
어깨에 올라탔던 웃음소리가 초록 파도를 헤치며
겅중겅중 서핑 중이다

도토리나무

산불로 전쟁을 치른 듯한 세상,
햇빛은 미치광이처럼 밝았다
복날 도망쳐 나온 개처럼
가죽이 반쯤 그을려 버린 소나무가
나를 받쳐주고 있었다
소나무가 제 몸을 접어 햇빛을 모아줄 때
자동차가 먼 길 준비하며 주유하는 것처럼
나는 온몸 가득 그 빛을 충전했다

나는
작은 공기 방울이었는지 물방울이었는지 기억이 없다
어렴풋이 기억할 수 있는 건 약간의 습기와
매캐한 연기가 느껴지는 컴컴한 곳에서
두려움이 뭔지 알아갈 때부터였다
어떤 강한 기운이 나를 밀어 올렸을 때
비로소 그곳이 나뭇가지 속이었다는 것을 알았다

오물오물 충전한 그 빛 되새김질하던 어느 날

몸속에 숨어있던 화살촉들이 밖을 향해 겨냥했다
폭죽 터뜨리며 평화를 노래하는 진달래의 만류 없었다면
세상을 향해 쏘아댔을지도 모른다
화살촉을 펴니 잎맥들이 푸른 양식 나르느라 분주하다
화살을 방어하듯 투구 하나 매달 때
화마에 어미 잃은 어린 다람쥐, 나무 밑을 돌고 돈다
퀭한 눈엔 공포가 서 말이다

나는 투구 속 열매 위해 젖줄 물리려고 밤잠 설쳤고
폭풍에게 납작 엎드리는 비굴함도 기쁘게 견딜 수 있었다
모든 열매와 잎들이 각각 제 몸치장으로 분주할 때
스스로 탯줄 자르고 굴러가는 도토리 한 알
잃어버린 어미 젖꼭지 발견한 듯 덥석 무는 다람쥐

나는 자식을 내주고도 눈물 한 방울 흘리지 않았다

생명적 촉수가 빚어내는 서사적 정감

— 오정순의 시세계

문광영 | 문학평론가/경인교대 명예교수

　오정순 시의 자양분은 생기론적 상상이 빚어내는 서사적 정감에 있다. 그녀만의 서정적 교감과 생명적 상상이 빚어내는 시안詩眼은 불가시적이고 불가지적인 내밀한 세계까지 보여준다. 시편에서 빈번하게 등장하는 햇살, 출산, 바람, 자궁, 젖줄 등의 원초적 이미지, 그리고 산, 등꽃, 돌담, 나무, 폭포 등의 소재들은 물활론적 상상의 언어로 변주되면서 그녀만의 독특한 시적 비전과 생의 철학으로 승화된다. 여기에 자기 체험에서 빚은 세상사의 궤적을 이야기체로 풀어내는 형상화의 재치도 감칠맛 나고 재미가 있다. 하늘과 땅, 신과 인간, 삼라만상이 생동하는 경계에서 생명적 촉수

로 풀어내는 시편들은 우리네 일상에 새로운 경이감을 줄
것이며, 지적으로 목마른 자에게 정감의 울림통으로 승화된
생의 지평을 열어줄 것이다.

1. 연민적 촉수의 서사적 회감

시인들은 저마다 웅숭깊은 연민憐愍의 정을 발산한다. 어
려운 처지에 있는 존재들에 깊이 공명하는 시혜施惠의 마음,
섬세한 울음통이 시적 언어로 드러나기 때문이다. 오 시인
의 수많은 시편에서 애잔한 연민의 정은 물활론적 상상 속
에서 체험적 이야기로 승화된다.

"거렁뱅이도 내 집에 찾아오면 손님이여."
아버지는 기어이 식구들 밥상에 함께 앉혔다
마룻바닥에 숟가락 던져 놓고 뛰쳐나갈 때
핑 도는 눈물 너머 마당 가에는 등꽃이 피었다

반세기 동안 담고 있던 그 일을
등꽃은 기어이 터뜨린다.
"얼레리꼴레리 그때 그랬지 네가 그랬지."
등꽃 한 무더기 와락 꺾어 아버지 찾아간다
이제는 그 등나무도 삭정이가 되어 있다
아버지처럼 버티고 계신

—「등꽃」 부분

시 「등꽃」은 과거 회상의 시로, 아버지에 대한 짙은 그리움이 등꽃을 통해 피어나고 있다. 화자는 우선 보랏빛 등꽃이 대롱대롱 물들어 피는 이유가 "이른 봄부터 받아먹은 소문들"의 발설을 참기 때문이라는 시적 논리를 펼친다. 그 숱한 소문에 의해 해마다 등꽃은 피어나고, "구멍이 숭숭 뚫린 삭정이"가 될 때까지 이어진다. 어느 날 거렁뱅이를 집에 들여 식구들 밥상에 앉혔던 아버지의 연민도 등꽃에 있고, 이에 속이 상한 화자의 눈물도 등꽃으로 피어난다. 이제 삭정이가 된 그 등나무는 유년 시절의 회억이자 아버지의 모습으로 치환된다.

> 똑똑한 먹잇감이 그를 조롱하며 비껴갔을까
> 사냥의 기다림이 지루했던 걸까
> 그는 오늘도 가좌시장 골목에 줄을 내렸다
> 한나절 금식한 카세트테이프는
> 구슬픔의 씨실로 단단히 매어놓고
> 목젖에 기대어 뽑아지는 애절함이 날실 되어
> 동냥의 보따리를 엮어간다
>
> ―「spider man」 부분

시 「spider man」에서 'spider man'은 바로 가좌시장 바닥을 누비며 구걸하며 살아가는 장애자이다. 시인은 오체투지의 자세로 살아가는 장애자의 애환을 연민적 사유의 애틋한 정감으로 그려내고 있다. 여기 장애자의 묘사에서 "한 나절 금식한 카세트테이프"가 "목젖에 기대어 뽑아지는 애절함"이라든가, 말미에 "배설 못한 한 근이 아랫배에 묵직하게"라는 표현에서 화자의 깊은 연민의 정감이 읽힌다.

연민적 촉수의 애틋한 시정은 서사적 회감으로 다양하게 드러난다. 부도를 맞은 부부의 사연을 긍정적 시각에서 그려낸 시 「양파 자루」, 가난 속에서 상처받고 애처로운 현실을 그려낸 시 「찬이 엄마」가 있다. 또한 감옥에 간 손자가 출소하기를 기다리며 파지 손수레를 끌고 다니는 애틋한 할머니의 심리와 따뜻한 손자의 마음을 그려낸 시 「ㄱ과ㄹ」, 부모님이 돌아가시면 갓 태어난 강아지를 들여 환생의 부모님으로 모시다가 3년이 지나면 길거리에 버린다는 비정한 태국 풍습을 연민의 정으로 다룬 「들개 조상님」이 있으며, 고층아파트 외벽을 타고 그림을 그리는 어느 러시아 성악노동자의 삶을 다룬 「페인트공」에서 연민적 정감을 담아내고 있다.

대다수 시인들이 자전적 체험을 시의 소재로 곧잘 등장하는 것은 자아정체성 회복이나 자존감과 관련된다. 그래서 유년 시절의 고향을 찾고, 모태 지향의 어머니를 그리워하는 것이 일반적이다. 그런데 오 시인의 시편에서는 소외당한 자나 소시민, 가난한 계층을 대상으로 한 연민의 정감 내지는 애틋한 시선으로 생명적 이야기를 앉히려고 하는 창작 의식이 짙게 묻어난다.

건넌방 비우려고 세 자매 할머니 방으로 몰았다
앉은뱅이책상 밑으로 다리를 뻗어야 잘 수 있었다
누군가 책상 차지하면 나머지는 방바닥에 엎드려
다리를 반으로 접어 벽을 더듬으며 숙제를 하고
구구단을 외웠다
고구마 통가리라도 들여놓아야 하는 겨울이면
여덟 개의 장딴지가 고구마처럼 쌓였다
〈중략〉
겨우내 베란다 한쪽 구석에서 자리 지키던 고구마 박스
그 속에 다시 들어앉은 소문
쪼그라든 할머니에게 매달린 분홍구두 한 켤레
―「분홍구두」 부분

오 시인의 과거 회상의 시편에는 늘 이야기가 숨어있다.
그녀의 고향이 예산이라 했던가. 시 「분홍구두」는 어릴 적
고향 시골집 정서가 찐득하게 묻어있다. 그 옛날, 고구마는
쌀이 부족한 시골에서 간식을 겸하여 없으면 안 될 소중한
양식이었다. 대식구가 기거하는 집에서 고구마 통가리는
넓게 방 한구석을 차지해야 했으니, "여덟 개의 장딴지가
고구마처럼 쌓였"을 것이다. 그 고구마 방에 얽혀있는 내력
이 조금은 비밀스럽지만, 화자에게는 고구마만 보면 순영의

분홍구두가 떠오르는 모양이다.

누구에게나 고향은 아련한 물안개 속에 수초 뿌리처럼 내려 그림자처럼 따라다니는 분홍빛 향수이다. 그러기에 오 시인에게 있어 고향을 통한 서사적 회감은 시 창작의 모태로 시인으로서 세상에 존재하게 하고 잔뼈를 굵게 하여 준 생명의 뿌리인 어머니나 다름없다.

'신삥전파사' 간판 위
전깃줄이 일렬횡대로 걸려있고
제비 두 마리가 전깃줄 위에서 고무줄놀이하고 있다
가랑비에 젖은 몸 아침 햇살에 말리던 스피커가
갑자기 컹컹 짖어댄다
〈중략〉
팬티 고무줄까지 이어서 고무줄놀이하던 친구들
어디론가 모두 떠나고 나는 홀로 제비를 바라보고 있다
그 제비 내 앞에 오더니 아는 척 똥을 싼다
크게 짖어대는 스피커 위에도 보란 듯 찍 갈기고
멀리 날아가 버린다.
똥 맞은 스피커 더 크게 짖어댄다

고무줄 끊어 달아났던 민수, 전봇대에 기대어 씨익 웃는다
손에 감고 있던 고무줄 보여주며 손짓한다
― 「고무줄놀이」 부분

동심이 짙게 묻어나는 시 「고무줄놀이」 퍽 감칠맛이 나고 재미있다. 장난감 없던 시절 남자애들은 자치기나 땅따먹기 놀이를 했고, 여자애들은 주로 고무줄놀이나 숨바꼭질로 시간을 보냈다. 이 시에서 화자는 세 가지 시적 에피소드를 연계하여 회억적 시정으로 흥미롭게 엮어나간다. 그 첫 장면은 '신삥전파사'를 배경으로 "제비 두 마리가 전깃줄 위에서 고무줄놀이"를 하다가 컹컹 짖어대는 스피커에 하얀 물똥을 쌌는데, "똥 맞은 스피커 더 크게 짖어댄다"라고 하는 표현이고, 두 번째는 팬티 고무줄까지 빼서 이은 고무줄로 놀이 장면, 세 번째는 민수가 팬티 끈으로 이은 고무줄을 끊고 달아나 전봇대에서 짓궂게 웃으며 손짓하는 장면이다. '신삥전파사'라는 간판의 어의가 보여주는 구수한 맛도 그렇지만, 이 세 가지가 유기적으로 형상화되어 있어 퍽 유쾌하고 깊은 정감을 자아낸다.

칠성사이다 받아먹은 봉림 저수지* 시침을 떼고 있다
찐계란 떨어뜨리지 않으려고 허둥대다 바위에 부딪힌 병
두 동강 난 사이다병엔 한 모금도 남아 있지 않았다

포플러나무들도 나눠 마셨는지
이파리마다 칠성七星을 달고 저수지에 들어가 있다
제비 한 마리 날아와 물 위를 슬쩍 건드리니
들어앉은 포플러나무들도 공범인 양 몸을 흔든다

포플러의 뻗은 팔에 올라앉은 저수지
이파리가 흔들릴 때마다 쭉쭉 늘어나 마을을 넘었다지
내려다보던 태양이 길게 꼬리 내리자
시침 떼던 봉림저수지가 얼굴을 붉힌다

　　　　　　　　　　　　—「봉림저수지」 전문

　시 「봉림저수지」는 6, 70년대 초교 시절의 소풍 갈 때의
모습을 회상시킨다. 찐 계란 두어 개와 김밥, 칠성사이다를
룩새크에 담아 신바람나게 달려갔던 소풍날을. 그 유년 시절,
사이다는 소풍 갈 때나 마셨던 고귀한(?) 음료였다. 그러니
"두 동강 난 사이다병"에 대한 원망이 오죽했으랴. 화자는
그때의 사이다를 포플러나무와 봉림저수지가 함께 뺏어 나누
어 마셨다고 너스레를 떤다. 그래서 지금도 "포플러나무들도
공범인 양 몸을" 흔들고, "봉림저수지가 얼굴을" 붉히면서
시치미를 떼고 있다는 것이다. 능청부리는 화자의 회억적 시
정, 그 물활론적 상상이 재치가 있고 재미있다.
　사실 나를 둘러싼 세계에 존재하는 것들은 온통 저마다 내
밀한 이야기로 가득 차 있다. 내가 본 하나의 풀잎, 시냇가의
돌 하나도 나름의 이야기로 얽혀있고, 어느 것 하나 의미 없는
것들은 없다. 나아가 그들은 우리와 무관치 않다. 나의 한 생애
가 한 권의 이야기책이듯 세상에 존재하는 것들은 다 무수한

사건들로 이어진 생생한 삶의 이력을 지니고 있기 때문이다. 오 시인은 그러한 지난한 생체험의 여정을 시적 세계로 해석하고 자기 존재의 정체성을 찾고자하는 여망이 아름답다.

2. 모성적 생명 탄생의 자궁 이미지

오정순 시의 생명적 상상력은 모성적 생명 탄생의 자궁 이미지로 변주된다. 흔히 모성적 사랑이나 이성애를 들어 인생사를 '사랑의 역사'로 정의한다. 사랑 속에서 태어나고, 다양한 사랑을 누리고 살다가 사랑이 쇠잔해질 때면 죽는다는 것. 사랑은 태생적으로 강한 '욕망'의 에너지를 분출한다. 바로 사랑의 욕망은 인간을 살아가게 하는 원동력이 되는 것이다. 그렇다면 시인에게 있어 욕망은 어떻게 분출되는가. 아마도 시인만큼 사물에 정신의 옷을 입히는 고차원의 욕망적 사유 활동은 없을 것이다. 옥타비오 파스Octavio Paz가 말했듯이, "시인은 욕망하는 자아이고, 시란 욕망 그 자체"라고 했다. 이를 쟈크 라캉J. Lacan의 욕망의 이론에 대입시키면 그 사랑의 욕망은 '환유換喩'로서 수없이 꼬리를 물고 변주되는 속성을 지닌다.

오정순 시에 수없이 등장하는 모성성의 자궁 이미저리는 어떻게 드러나는가.

숨죽인 신음

자궁 속에서 고개 내민 연둣빛 화살촉
뼈를 통과하며 살을 뚫는다
눈부신 세상에서 잠시 어리둥절하다가
쥐었던 손바닥 활짝 펼친다
여린 잎 물 켜는 소리 봄산을 흔든다

산이 봄을 낳는다
산고의 비명들
땅속에서 구르느라 온 산이 붉다
　　　　　　　　　　　　　　　－「산이 봄을 낳다」 부분

　먼저 오 시인의 모성성은 생명 탄생의 자궁이미지로 드러
남을 볼 수 있다. 시 「산이 봄을 낳다」라는 시 제목이 암시하
듯이, 연두빛 봄산 풍경의 탄생을 출산의 자궁이미지로 드
러내고 있다. "자궁 속에서 고개 내민 연둣빛 화살촉"이
"뼈를 통과하며 살을 뚫는다" 라는 장면, 시각과 근육감각
적 촉수로 다룬 날카롭고 정교한 표현에서 시의 깊은 맛을
느낀다. 여기에서 봄산이란 대지는 만삭이 된 어머니의 몸
이다. 그래서 산이 봄을 낳는, 자궁의 봄산은 "산고의 비명"
이 들리고, "땅속에서 구르느라 온 산이 붉다"라는 것이다.
　오 시인에게 여성성의 자궁 이미지는 대지의 봄산 뿐만이
아니라, 하늘에서도 나타난다. 앞의 시에서는 자궁이미지로
봄산을 노래한 대지의 모성성이 상승이미지를 보여주지만,

시 「장마 · 1」에서는 하늘을 모성성의 자궁이미지가 하강이미지로 드러난다는 것이다.

산달을 채운 듯, 무거워진 구름
허공에 눕는다

양수가 터지자
쩌렁쩌렁 하늘을 구멍 내는
산고産苦의 비명
비명 다독이며 탄생하는 무수한 꽃들

마음에 쏙 드는 꽃을 만들기 위해
하늘은 또 으르렁거린다

그 소리 자장가 삼아 일상이 꿀잠에
풍덩 빠진다

—「장마 · 1」 부분

시 「장마 · 1」에서는 먹구름의 하늘에서 급기야 큰 비가 쏟아지는 체험을 자궁의 출산이미지로 치환하고 있다. "산달을 채운 듯, 무거워진 구름"이 "허공에 눕는다"라는 의인적 표현과 "양수가 터지자/쩌렁쩌렁 하늘을 구멍" 낸다는 역동적인 출산 장면, 그리하여 "산고産苦의 비명" 끝에 "비명 다독이며 탄생하는 무수한 꽃들"이라는 청각과 시각을 동원한 공감각적인 시의 운행이 감칠맛 난다. 여기에서 시적 화자는 시치미떼기로 예상치 않은 반전을 시도한다. 장대비의 출산이 "마음에 쏙 드는 꽃을 만들기 위해/하늘은 또 으르렁거린다"에서 시각적 희열을 느낀다.

　오 시인은 모성성에 의한 출산, 분출의 자궁이미지는 상승과 하강을 통하여 확산되는 역동적이고도 생명적인 시상을 구축해 나간다. 그녀에게 있어 자연현상이란 생명을 잉태하고 양육하는 장자의 충만한 기氣의 발현으로 이해된다. 모성성의 자궁이 만물의 원천이자 우주적 주체로서의 생명임을 상징하기 때문이다. 이때 오 시인에게 있어 자연은 주객일여, 물아일체로서 자신의 여성성과 연결된 몸이자 생명의 모태로 자신의 정체성을 확인시켜 주는 우주적 각성에 이른다.

　　덮고 있던 푸른 이불 걷히자 만삭의 배腹가 드러난다
　　침대 바닥까지 내보인 적 없기에 등이라 했다지
　　그러나 그건 분명 만삭의 배
　　언제부터 배가 불러왔는지 이불 속이 궁금하다
　　〈중략〉
　　날마다 출산 된 생명체들이 주위에서 맴돌고
　　배腹를 열고 막 태어나는 비단 고동들이
　　뱃가죽 위로 올라온다
　　임신과 출산으로 뱃가죽은 주름져 있다

주위를 맴돌던 불가사리와 조개도 엉금엉금 기어와
주름 속에 숨는다
불룩한 배를 콕콕 두드리는 갈매기
태어날 것들에 대해 궁금한 게 많은가 보다

늘 무엔가 간절한 소망
바다의 몸짓으로 키운 거대한 모태신앙

—「풀등」 부분

　'풀등'은 옹진군 대이작도 앞바다에 있는 모래섬으로, 들
물 때엔 잠겨 있다가 썰물 때가 되면 나타난다. 시인은 이
모래섬을 이불 속 "만삭의 배腹"로 비유하여 시상을 전개해
나간다. 모성성으로 치환한 그 시상은 매우 발랄하고 역동
적이다. 날마다 출산 된 생명체들이 주위에서 맴돌고 "배腹
를 열고 막 태어나는 비단 고동들이 뱃가죽 위로 올라"오고,
"임신과 출산으로 뱃가죽은 주름져"있는데, 주위의 "불가
사리와 조개도 엉금엉금 기어와 주름 속에 숨는다"는 것인
데 얼마나 멋진 상상인가. 나아가 태어날 것들이 많아 궁금
한 갈매기가 "불룩한 배를 콕콕" 두드려 본다고 하니, 얼마
나 싱그럽고 발칙한 발견인가. 광물질인 자연의 모래밭을
생명체가 넘치는 모성적 출산과 양육의 이미지로 처리한
시심에 놀랍지 않을 수 없다. 그리하여 풀등은 "늘 무엔가
간절한 소망"이 있어 "바다의 몸짓으로" 거대한 모태신앙

을 키워가고 있다는 전경화 처리도 완성도를 높혔다.

3. 생육 이미지의 생기론적 변주

오 시인의 모성애의 생육 이미지는 대지나 돌담, 나무, 폭포 등 소재를 가리지 않고 생명적 상상력을 수반하며 생기론적으로 다양하게 펼쳐진다.

굶주린 포식자 하늘 향해 누워있다
길게 내민 혓바닥 입맛 다시며 달려들어
닥치는 대로 먹어치운다

따스한 세상 보러 나왔던 이파리들
너무 뜨거워 놀라며 자지러진다
미처 피하지 못한 나무들도
돌부리에 걸려 넘어지며 아우성이다
〈중략〉
용케 살아남은 연둣빛 어린나무
배설물 속에서 두리번거리며 살짝 고개를 든다
주먹 손 펴보니 까만 엄마의 살점을 쥐고 있다
　　　　　　　　　　　　　　　　　　　—「산불」부분

산천초목이 온통 화마의 불바다로 변하는 산불만큼 무서운 일이 또 어디 있을까. 산불은 생의 죽음이자, 모성성의 파멸이다. 시인은 「산불」이라는 시에서 용케도 살아남은 "연두빛 어린나무"의 주먹 손에서 "까만 엄마의 살점"인 새카맣게 타버린 흙을 발견한다. 문득 대지를 어머니 품안으로 본 가스통 바슐라르가 생각난다. 상처와 아픔을 서로 어루만지면서 치유하는 연민의 정, 생명의식의 비전이 이 시에 고스란히 녹아있다. 말하자면 뭇 생명체를 깃들게 하고, 지켜주고자 하는 시적 자아의 자궁 의식, 양육 이미지를 통하여 모성성의 놀라운 생명의지를 드러내고 있는 것이다.

겨우내 몸단장하며 폐경 물리친 늙은 복숭아나무
연분홍 복사꽃 이리저리 매달고 과수원을 환히 밝힌다
푸른색 덧칠한 하늘에 고이던 단물
잎맥 타고 내려와 젖줄로 흐른다

엄마 품에 안긴 복숭아가 달콤한 젖을 빤다
늙은 나무에 매달린 열매도 젖줄을 문다

—「복숭아나무」 부분

오정순의 시는 소소하고 보잘것없는 체험적 대상을 곧잘 의인화하여 재치있게 이야기 시로 만드는 순발력을 발휘한다. 시 「복숭아나무」도 스무 살 늙은 복숭아나무를 부부로 의인화하여 만든 시이다. 톱날에 밑둥이 잘려 죽음에 이를 뻔했던 복숭아나무가 소생, 회춘하게 되었는데, 그 생의 회열을 화자는 여성성의 자궁이미지와 열락적 생육이미지를 통하여 육감적으로 드러낸다. "겨우내 몸단장하며 폐경 물리친 늙은 복숭아나무"는 유한적 결핍에서 생명적 욕망으로 탄생하고자 하는 몸의 욕구이다. 여기에서 우리는 폭력과 죽음을 넘어서 무한한 생명적 탄생의 가능성을 열어젖히는 창작의 근원적이고 충만한 힘을 오 시인에게서 발견할 수 있다. 나아가 "엄마 품에 안긴 복숭아가 달콤한 젖을 빤다"와 "늙은 나무에 매달린 열매도 젖줄을 문다"는 바로 모성성의 생육 혹은 양육의 생명적 회구를 드러낸다.

　　나는 투구 속 열매 위해 젖줄 물리려고 밤잠 설쳤고
　　폭풍에게 납작 엎드리는 비굴함도 기쁘게 견딜 수 있었다
　　모든 열매와 잎들이 각각 제 몸치장으로 분주할 때
　　스스로 탯줄 자르고 굴러가는 도토리 한 알
　　잃어버린 어미 젖꼭지 발견한 듯 덥석 무는 다람쥐
　　　　　　　　　　　　　　　　　　　　—「도토리나무」 부분

　모성성의 생육 이미지들은 여타의 시편 곳곳에 드러난다. 시 「도토리나무」의 경우, 화자가 "투구 속 열매 위해 젖줄 물리려고 밤잠 설쳤"다거나, "스스로 탯줄 자르고 굴러가는 도토리 한 알"로 묘사되거나, 다람쥐가 "잃어버린 어미 젖꼭지 발견한 듯 덥석 무는 다람쥐"로 모성성의 양육 이미지를 보여준다. 그리고 시 「금당주막」에서도 '돌담'을 모성으

로 보았고, 시「도토리나무」에서는 "벚나무 이파리 타고 내려온 햇살에게/곰삭은 황토 젖을 물리고"있는 풍경이나 "젖 냄새 풍기는 돌담"이라는 등 "젖줄", "젖꼭지", "젖 냄새" 등의 생육이미지가 빈번하게 출현한다.

시에서 모성성이 내재된 보살핌의 윤리는 생태계 파괴의 복원과 인간 회복의 휴머니즘이다. 나아가 이 정신은 문학 치유의 기능으로 작용하며 미래의 대안으로도 제시된다. 그러고 보면 오정순 시에서 드러나는 모성성에서 기인하는 출산 이미지나 생육 이미지는 물아일체적 자연에 대한 경외심, 상호의존적 가치로 파악되는 생태 여성주의 색깔을 지닌다.

4. 의인적 '햇살' 이미지의 역동적 시심

오 시인의 시편을 읽다 보면 시편 도처에서 '햇살'의 이미지를 만난다. 우주의 생명을 지탱하는 빛, 그 빛줄기가 부드럽고 따사하게 느껴지면 햇살이라 부른다. 양자역학에서는 모든 물체가 빛 때문에 생긴다고 보는데, 이는 원자들이 움직이는 현상을 광자가 전달하는 데서 생기는 현상이다. 해서 그 빛이 사라지면 존재의 모든 게 사라지는 것. 태초부터 빛, 곧 햇살은 창세기에도 기록되어 있듯이 천지 창생의 시원이 되는 물질이자, 현재를 거쳐 미래를 열어가는 우주의 변화와 질서를 관장하는 강력한 힘인 셈이다.

오 시인에게 있어 바로 이 빛의 아우라로서 '햇살'은 그녀
만의 시적 착상의 코드이자, 생명적 상상력의 불씨를 이루
며, 시적 형상화 과정의 에너지로 작용한다.

여자가 햇살을 마신다
함께 마술나라에 간다

—「찻잔에 빠진 햇살」 부분

위 시에서 화자는 아침 식탁에 앉아 커피를 마시는 여자
를 관찰하면서 햇살의 작난을 목도한다. 곧 "찻잔에 설탕
을 넣는 여자의 숨소리가 햇살을 흔들고", "햇살이 먼지를
몸속에 넣고 동동" 띄운다고 하는 무아의 경지를 체험한
다. 급기야 햇살이 "눈치를 보다가 슬쩍 찻잔에 빠진다"고
하는 몽상의 불가시적인 세계를 그려낸다. 밤새 썻고 솟아
올라 온 아침 햇살의 기운, 그 부드럽게 내쏘는 광선이니
얼마나 신선하겠는가. 급기야 여자가 햇살을 마시고, "함
께 마술나라"에 간다고 하는 신비로운 세계의 판타지가
전개된다. 찻잔과 손녀, 여기에 햇살의 숨깔이 서로 어울려
햇살잔치를 벌이는 시적 무대가 꽃밭처럼 훈훈하고 아름
답다.

이렇듯 오 시인의 시에서 햇살 이미지는 열락적이고, 늘
활달한 생기에 차 있으며, 발칙한 상상력을 보여주는 코드

로 등장한다.

> 바다의 단단한 근육질에서 **빠져나온** 햇살이
> 맺힌 물방울에 은빛 우주를 매단다
> 노인의 얼굴에 피어있는 저승꽃에도 우주가 기웃거린다
> —「노인과 우주」 부분

> 저 병정에겐 붙어 지내던 친구들이 있었어
> 핑크빛 생리혈 툭툭 내던지던 날
> 밤새 오슬오슬 춥더니 둥근 초록이 되었지
> 온몸이 근질거리고 추웠던 이유를 그때야 알았대
> 똑똑 떼어내어 바닥에 던져지던 친구들의 비명
> 노란 보자기에 보쌈당할 때의 두려움도
> 찾아주는 햇살과 바람으로 위로받았지
> 보자기 살짝 찢고 바깥세상 엿보다 들킨 거래
> 초록 바다는 이파리로 파도 만들어 호통치며 갈겨댔고
> 기절했다 깨어 보니 온몸이 만신창이었다네
> —「상처 난 복숭아」 부분

햇살의 생명적 에너지는 남녀노소를 가리지 않고 인간은 물론 자연의 산천초목을 관장하고, 보잘것없는 소소한 대상, 병약한 사물에까지 다가가 어루만지며 희망의 메시지, 생기론적 코드로 작용한다. 「노인과 우주」에서는 햇살은

젊음의 빛이고, 희망의 빛으로 노인의 얼굴에 맺힌 물방울로 "은빛 우주"를 매달아 줄 수 있는 에너지로 작용한다. 이러한 경향은 자아성찰적 의미를 담은 「곁방살이」라는 시에서도 드러난다. 금이 갔던 산세베리아 화분이 어느날 완전 반으로 갈라지게 되었는데, 진주알처럼 움켜쥐고 있던 돌멩이와 사랑초를 곁방살이로 들이면서 축복과 기원의 의미로 햇살 이미지가 차용되고 있다. 나아가 시 「상처 난 복숭아」에서는 연민의 정서로 햇살의 힘이 작용한다. "노란 보자기에 보쌈당할 때의 두려움도/찾아주는 햇살과 바람으로 위로"해 줄 수 있는 상처를 보듬어주고 감싸주는 연민의 생기적 코드로 쓰여지고 있다.

　　향물 툭툭 털어내는 이파리들
　　두 눈 부릅뜬 딱따구리에게 딱 걸렸다
　　구름도 물러가는 딱따구리 대장의 박음질 구령에
　　새들도 이파리 사이사이 구성진 소리로 수를 놓는다

　　화려한 연초록 보자기가 호봉산 가슴을 덮고 있다
　　젖은 머리칼 빗어 넘기며 올라오던 아침 햇살
　　금방이라도 초록 물주머니 잡아당길 자세다
　　　　　　　　　　　　　　　　　　　　—「아침 산행」 부분

시인은 어둠으로부터 빛 속으로 나온 연초록 사물들의

인상을 개벽開闢을 보는 듯한 감격과 경탄으로 맞이한다. 밝고 싱그럽고 즐겁고 생산적인 아침의 근원적인 모습을 그려 보게 하는 즉물적卽物的인 시이다. 햇살을 "젖은 머리 칼 빗어 넘기며 올라오던 아침 햇살"로 아침나절 연초록 빛깔로 물오른 호봉산 풍경을 의인적 시각화로 생동감 있게 묘사하고 있다. 인간화한 햇살은 순수 동심의 서정 세계를 추구하는 그의 페르소나에 다름 아니다. 인간화한 햇살의 눈으로 바라본 세상은 이제까지 보아오던 그런 평범한 세상이 아니다. "아카시아 꽃잎들이 취침"하고, "향물 툭툭 털어 내는 아파리들", "딱다구리 대장의 박음질 구령"이 있는 새로운 별천지를 본 것이다. 햇살의 아우라aura가 있는 자연은 기존에 보던 풍경들과는 다르게 새로운 의미로 다가온다. 그녀는 이것을 햇살의 이미지를 통하여 생기롭게 형상화하고자 했다.

이러한 오 시인의 빈번한 '햇살'이미지는 「아침 산행」이나 「매화마을 전시회」, 「배다리 책방」, 「버들강아지」 등의 시편에서 보듯 대체로 의인적으로 처리되는 것이 많다.

뒤따라 오던 한 무리의 햇살이
이제야 봤느냐며
아라뱃길 속으로 곤두박질하며 깔깔댄다
햇살의 웃음소리

전시회 알리는 꽹과리 소리 되어
매화마을 가득 채운다
여기저기서 무용수처럼 서체들이 춤추며 나온다
                              ―「매화마을 전시회」 부분

얼음 속에 갇혀있던 봄바람 한꺼번에 떼로 탈출한다
얼음 뚜껑 열리고 봄 햇살도 소풍 나오고
숨어있던 강아지도 하나 둘 봄바람에게 들킨다
강아지들 숨바꼭질 끝내고 나무에 주렁주렁 매달린다
                              ―「버들강아지」 부분

시 「매화마을 전시회」에서는 서체書體를 본 회감을 햇살
의 이미지를 끌어들여 생기롭게 드러낸다. 가령 "아라뱃길
속으로 곤두박질하며 깔깔댄다"든가, "여기저기서 무용수
처럼 서체들이 춤추며 나온다"라는 등 시각과 청각적 이미
지로 동원하여 역동적으로 형상화하고 있다. 나아가 시 「버
들강아지」에서도 '햇살'은 '바람'의 이미지와 더불어 더더욱
물질에 내재한 생명성을 일깨우면서 펼쳐진다. 봄 햇살과
봄바람이 빚어내는 버들강아지를 시인은 "강아지들 숨바꼭
질 끝내고 나무에 주렁주렁 매달린다"라고 하는 등 동심적
이고 생기발랄하게 묘사하고 있다.
  오 시인은 독실한 크리스천이다. 그녀에게 있어 빛, 햇살
이란 무엇일까. 태초에 빛이 있어 모든 존재하는 것들이

탄생하였으니, 어쩌면 이 세상에서 햇살 같은 존재가 되고 싶었을지 모른다. 또한 존재하는 것마다 하나님의 아우라로서 의미있게 해석하고 싶었는지도 모른다. 그래서인가. 그의 시편마다 생기론적 코드로서 '햇살'은 활유법을 동원하거나 의인적 비유, 상징적 이미지로 차용되는 등 곳곳에 넘쳐난다. 오 시인의 시에서 햇살은 그야말로 시심을 표출해내기에 가장 적합한 사유와 감정의 등가물이었던 셈이다.

5. 물활론적 생명 탐구의 섬세한 착상

오 시인의 섬세한 감성의 촉수에서 발아한 시적 운행은 남다른 생명적 탐구의 시선에 있다. 사물 하나에 이야기를 얹는 일이나, 소소한 일상사에 정신적 의미를 부여하고, 상상의 재미를 수놓아 언어적으로 형상화하는 것이 그녀만의 시가 드러내는 참맛이다. 이러한 생명탐구의 시 정신은 대상과의 서정적 교감으로 일체감을 이루고자 하는 물활론적 사유 내지는 물활론적 상상에서 기인된다.

> 단장한 옷만큼 시원한 푸르른 곡조
> 방충망 사이로 국수 가락처럼 밀려오네
> 일곱 마디씩 잘라 빈방에 차곡차곡 쌓으니
> 삼십 분 뽑아낸 노래가 방을 가득 채웠네
> 　　　　　　　　　　—「나만을 위한 콘서트 · 1」 부분

위 시에서 말하는 여름 매미들의 합창은 자연의 콘서트이다. 오 시인은 한 여름 집안 베란다 방충망 사이로 들어오는 매미 한 마리의 울음을 감칠맛이 나도록 싱그럽게 묘사한다. 매미의 울음은 눈에 보이지 않고, 손에 잡히지도 않지만, '울음'이란 청각적 이미지를 시각적 이미지로 환기력 넘치게 치환하여 드러낸다. "단장한 옷만큼 시원한 푸르른 곡조"라던가, "방충망 사이로 국수 가락처럼 밀려오네"로 나아가 "일곱 마디씩 잘라 빈방에 차곡차곡 쌓으니"라는 구체적이고 생동감 넘치는 이미지로 선을 보인다. 여기엔 그녀만의 매우 섬세한 시안의 촉수가 용해되어 있다. 섬세한 물질적 대상의 인식 속에서 벌어지는 시적 행간은 늘 생존의 생명성과 함께 한다. 그러니까 이 땅 위에 존재하는 모든 것들은 생명성으로 가득차 있어 생명을 잉태하고, 존재 양상들이 생기로서의 끊임없는 변화과정임을 줄기차게 노래한다.

지구본 반쪽 같은 봉분 위 검은 개미 두 마리가
애벌레 앞에 놓고 의견이 분분하다
좁쌀만 한 애벌레 이쪽저쪽 구르느라 어지럽다
흰개미 두 마리 나타나 한쪽으로 먹이를 끌자
검은개미 두 마리도 반대 방향으로 의견 모은다
어디서 나타났는지 붉은개미 노란개미 달려들자
검은개미 흰개미 같은 편 된다
　　　　　　　　　　　　　　　—「아버지 묘 이장하던 날」부분

시 「아버지 묘 이장하던 날」은 오 시인의 체험을 바탕으로 쓴 것이다. 이장할 때 봉분 위에서 개미들이 먹이를 놓고 쟁탈전을 벌이는 광경을 목격하고, 이내 섬세한 생명적 촉수를 발동한다. 곧 "잠든 자의 영혼 위에서 벌이는/산 자들의 눈물겨운 사투"라고 해석하고, 생명적 자연의 섭리를 발견하게 되는 것이다. 이러한 오 시인은 날카로운 관찰력으로 우주를 통찰해보는 직관, 통찰은 섬세한 시인의 감수성의 발로에서 기인한다.

삐걱거리며 튕겨 나가는 서랍 하나
그 속에 아버지의 기억이 잠자고 있다
붓 발에 싸여 하늘 향한 간절함이 꼿꼿한 채
아버지 관에 누우실 때처럼 얌전히 누워있다

창가에 고드름처럼 매달렸던 여러 종류의 붓,
그중에서 족제비의 인기는 최고였다
손가락에 붙잡히면 날렵하게 화선지에서 놀았다
밤만 되면 족제비는 맑은소리가 날 만큼 뛰었다
〈중략〉
목욕도 못한 족제비가 아버지처럼 누워있다
뛰고 달리고 날기를 이십 년 만큼 굳어갔다
　　　　　　　　　　　　　　　　—「족제비 승천하다」 부분

위 시에서 나오는 '족제비 붓'은 바로 작고한 '아버지'의 혼령으로 치환되어 있다. 화자가 이사를 가려는데 헛간에서 20년 된 앉은뱅이책상을 발견한다. 새로 이사 갈 집에 어울리지 않아 버리려고 서랍을 정리하다가 족제비 붓을 발견한다. 아버지가 서예를 할 당시 족제비 털로 만든 붓은 인기가 최고, 화자는 화선지 위에서 날렵하게 맑은소리가 날 만큼 뛰고 놀았을 족제비 붓을 떠올린다. 하지만 서랍에서 20여 년 "목욕도 못한 족제비가 아버지처럼" 굳은 채 누워있는 애처로운 분신을 회감한다.

호봉산 정상에 가득 핀 진달래꽃
향에 취해 졸고 있을 때 배꼽 위에 피었다
곤하게 잠자는데 살금살금 들어와
뛰어다니더니 온몸에 자리 잡고 누웠다

밤새워 은밀한 거래 있었던 것 눈치 못챘어
시치미 떼며 쏘아붙이는 봄바람의 변명들
진달래꽃 일제히 붉은 깃발 들었다

—「수두」 부분

방금 걸레질한 덜 마른 거실 바닥에서
콩나물이 미끄럼을 타고 노란나비처럼 춤춘다
뽀로로와 친구들 속으로, 블록 속으로, 의자 밑으로

기어들어 숨바꼭질하느라 분주하다

―「콩나물」 부분

시 「수두」는 진달래꽃이 만발한 호봉산의 풍경을 물아일 체화하여 화자가 봄밤에 수두를 앓는 정경으로 묘사되고 있다. 산에 흐드러지게 핀 진달래꽃을 온몸에 붉게 돋아난 수두로 본 화자의 착상이 매우 신선한 충격을 준다. 화자의 온몸에 자리잡은 수두와 폭죽 소리 터지듯 온 산에 붉게 깔려있는 진달래꽃이 주는 상사성의 거리에서 참신한 텐션 tension의 미학을 읽을 수 있게 한다. 또한 이 시에서 재미있게 시적 논리를 펴고 있다는 점에서도 주목할 만하다. 이를테면 밤새워 진달래가 붉은 깃발로 꽃 피운 이유가 은밀한 거래 때문에 벌어진 바람들의 변명들 때문이라고 하는 논리인데, 오히려 화자의 성정에 녹아있는 시치미 떼기에서 기인되는 것은 아닌지 모르겠다.

시 「콩나물」에서는 그야말로 물활론적 생기로 가득 차 있다. 천 원어치 콩나물이 "비닐봉투 안에서 들썩들썩", 거실바닥에서 노란나비처럼 "미끄럼을 타고", "손녀가 무대 위에 올라 콩나물과 춤춘다"는 역동적 상상력이다. 집 안을 온통 콩나물과 가족들이 숨바꼭질하는 동화나라의 무대로 본 코믹한 착상에 깊은 동심의 즐거움을 느낀다.

오 시인의 물활론적 생명 탐구의 섬세한 시편들은 그녀만

의 남다른 창작 의식에서 비롯된다. 여기에는 세계 인식의
깊은 호기심이나 날카로운 감성적 촉수, 사물에 대한 의미
해석에 있어 몰입적 집요함이 있기 때문이다.